মহাভারতের একরাত

সোমনাথ খাঁ

Ukiyoto Publishing

All global publishing rights are held by

Ukiyoto Publishing

Published in 2023

Content Copyright © সোমনাথ খাঁ

ISBN 9789359208886

All rights reserved.
No part of this publication may be reproduced, transmitted, or stored in a retrieval system, in any form by any means, electronic, mechanical, photocopying, recording or otherwise, without the prior permission of the publisher.

The moral rights of the author have been asserted.

This is a work of fiction. Names, characters, businesses, places, events, locales, and incidents are either the products of the author's imagination or used in a fictitious manner. Any resemblance to actual persons, living or dead, or actual events is purely coincidental.

This book is sold subject to the condition that it shall not by way of trade or otherwise, be lent, resold, hired out or otherwise circulated, without the publisher's prior consent, in any form of binding or cover other than that in which it is published.

ঋষভ, ঋত্বিক, সৃজনী, সোমপ্রীত
প্রীতিভাজনেষু

কথামুখ

কথায় বলে, "যা নেই ভারতে, তা নেই মহাভারতে"। মহাকাব্যে, মহাকবির কল্পনার রাজতন্ত্রের হাত ধরে একদিন যে জটিল রাজনৈতিক নীতি-নৈতিকতার জন্ম হয়েছিল তা আজও পূর্ণ বেগে স্রোতস্বিনী হয়ে আমাদের মহান গনতন্ত্রের রাজনীতির আঙ্গিনায় প্রবাহিত। পক্ষ-বিপক্ষ, ভালো -মন্দ, নায়ক-প্রতিনায়কের জটিল দ্বন্দ্বে মহাকাব্যের শেষ পরিণতি, "কুরুক্ষেত্রের যুদ্ধ"। সত্য-অসত্য, ধর্ম-অধর্ম, রাষ্ট্রনীতি ও রাজনীতির কারনে পৃথিবীর বুকে বারংবার আছড়ে পড়া যে কোন যুদ্ধের প্রভাব সুদূরপ্রসারী।

কুরুক্ষেত্রের যুদ্ধের ক্ষেত্রপ্রস্তুতির পাশা খেলার আগের রাতে একাকী সৌবালা। একদিকে পিতা সুবলকে দেওয়া প্রতিশ্রুতি,অন্যদিকে তার ক্ষমতালিপ্সার দোলাচলে সে সঠিক পথ খুঁজতে থাকে। এই দ্বন্দ্বের মাঝে তার সামনে এসে দাঁড়ায় মৃত পিতা সুবল এবং পান্ডব সখা বাসুদেব। রাষ্ট্রের প্রয়োজনে তার মনোরঞ্জনের জন্য নিযুক্ত থাকে সুন্দরী সেবাদাসী কিন্তু সেখানেও সে দ্বিধাগ্রস্ত, সে কার পক্ষ গ্রহন করবে, কৌরবদের নাকি পান্ডবদের? সৌবালা কি পরিচালিত হবে অন্যের দ্বারা নাকি সে পৌঁছাবে তার অভীষ্ট ক্ষমতার শীর্ষবিন্দুতে।এই মানসিক টানাপোড়েনের মাঝে এক নাম না জানা,অনামী চরিত্রের কাছে সৌবালা পেয়ে

য়ায় তার ঈপ্সিত লক্ষ্যে পৌঁছানোর চাবিকাঠি। এমন করেই আবহমান কাল ধরে,রাষ্ট্রের সেই সব অনামী মানুষের কাঁধে ভর করে ক্ষমতার বৃত্তে পৌঁছে যান ক্ষমতাধররা। সময় কালের নিয়মেই এগিয়ে চলে কিন্তু রাজনীতির বদল হয় না, তা যুগ যুগ ধরে বয়ে চলে একই ভাবে, একই গতিতে।

পরিশেষে আন্তরিক কৃতজ্ঞতা জানাই ব্যারাকপুর সাগ্নিক নাট্যগোষ্ঠী কে, যারা নির্দেশক শ্রী প্রবীর মুখোপাধ্যায়ের নির্দেশনায় এই নাটকটি বাংলা তথা ভারতের বিভিন্ন বহু ভাষা ভিত্তিক নাট্যমেলায় সুনামের সাথে মঞ্চায়ন করেছেন। কৃতজ্ঞতা জানাই বন্ধুবর, অধ্যাপক তপন ভট্টাচার্যকে, যার পরিশ্রম ছাড়া এই বই প্রকাশ সম্ভব হতো না। আমি কৃতজ্ঞ সাবেক পন্ডিতের কাছে যার অক্লান্ত পরিশ্রমে এই নাটকের ইংরেজি অনুবাদ পৌঁছে গেছে অসংখ্য পাঠকের দরবারে। সর্বশেষ কৃতজ্ঞতা জানাই Ukiyoto publishing এর তরুণ ভাস্কর কে। এরা ছাড়াও যাদের নাম পর্দার আড়ালে রয়ে গেল, তাদের সমবেত পরিশ্রম সার্থক হলে নিজেকে ধন্য মনে করবো।

বিনীত

সোমনাথ খাঁ।

সূচি

মহাভারতের একরাত   1

লেখক পরিচিতি   52

মহাভারতের একরাত

।। চরিত্র।।

১।। সৌবালা।   (মহাভারতে শকুনি নামে অধিক পরিচিত।)

২।। সুবল।   (সৌবালার পিতা।)

৩।। বাসুদেব।   (মহাভারতের অন্যতম প্রধান নায়ক।)

৪।। অঙ্গদ।   (সৌবালার দেহরক্ষী চরিত্রটি সম্পূর্ণ কাল্পনিক।)

৫।। সেবাদাসী।   (চরিত্রটি কাল্পনিক।)

।। মঞ্চ ভাবনা।।

মঞ্চটি দুভাগে বিভক্ত। Upper rostrum ও Lower zone, Middle Left ও Right এ রাখা দুটি চারফুটের কারুকার্যময় স্তম্ভ। একটি স্তম্ভে রাখা সুদৃশ্য একটি প্রদীপ।অন্য স্তম্ভটিতে রাখা একটি রকমারি ফলের ডালা। Downstage middle এ সামান্য উচ্চতায় আলোর বৃত্তে থাকবে, বিশেষ ভাবে নির্মিত একটি পাশা খেলার ছক।

আবহতে মিউজিক নিয়ে পর্দা উঠলে দেখা যায়, নীল আলো আঁধারিতে Upper rostrum এ উত্তেজিত ভাবে

পায়চারি করছে একটা ছায়ামূর্তি। তার হাত দুটো প্রবল ভাবে পাশা খেলার অক্ষে ঘর্ষিত হচ্ছে। আবহতে, শৃগাল, সারমেয়,পেঁচকের ডাকে ঘোর অমঙ্গলের বার্তা নিয়ে যেন থমকে রাতের প্রথম প্রহর। হঠাৎ Down left এ আলো পড়তেই পষ্ট হয় একজন রক্ষী,ভল্ল (বল্লম)হাতে হস্তিনাপুর প্রাসাদ পাহারায় ব্যস্ত। রক্ষী আচমকা দূরে আকাশের দিকে চেয়ে কিছু দেখে, চিন্তিত ভাবে সংলাপ শুরু করে........

অঙ্গদ।। আবার, আবার একটা অগ্নিগোলক রাতের নিকষ কালো অন্ধকার চিরে আকাশ থেকে ধেয়ে এলো মাটির দিকে।..... এই নিয়ে সপ্তম বার, এ যে ঘোর অমঙ্গলের চিহ্ন। আজ বেশ কয়েক বৎসর যাবৎ আমি হস্তিনাপুর প্রাসাদের পাহারার কাজে নিযুক্ত থেকে, কত বিনিদ্র রাত তারা ভরা আকাশের দিকে চেয়ে কাটিয়ে দিয়েছি, কই এমন অলুক্ষণে তারা খসা রাত এর পূর্বে তো কখনও চোখে পড়েনি!....না..না, ঠিক এই রকম না হলেও আমার কর্ম জীবনে আরও একটা ভয়ঙ্কর রাতের সাক্ষী থেকেছি আমি, সেদিন মাতা কুন্তি সহ পঞ্চ পান্ডব, শিব চতুর্দশী উপলক্ষে পূন্যক্ষেত্র বারণাবতের উদ্দেশ্যে রওনা দিয়েছিলেন। মনে আছে সেই রাতেও হস্তিনাপুরের যত শৃগাল, সারমেয়, পেঁচকের বংশ কি এক অজানা শঙ্কায় সারা রাত এমন কেঁদে ছিল। আর তার ঠিক দিন কয়েক পরে বার্তাবাহকের দল বারণাবত থেকে বয়ে নিয়ে আসে এক ভয়ঙ্কর দুঃসংবাদ,মাতা কুন্তি সহ পঞ্চ ভ্রাতা রারণাবতের

অস্থায়ী রাজগৃহে পুড়ে মরেছেন। যদিও ঘটনাটা পরে মিথ্যা প্রমাণিত হয়।......সে দিক থেকে দেখতে গেলে সে দিনের সাথে আজকেরও কোথায় যেন একটা অদ্ভুত মিল আছে। হস্তিনাপুরের যুবরাজ দুর্যোধন এক নতুন সভাগৃহের প্রবেশের অনুষ্ঠানে ,কুলাগ্রজ হিসাবে ধর্মরাজ যুধিষ্ঠিরকে সপরিবারে আমন্ত্রণ জানিয়ে সেই সুদূর ইন্দ্রপস্থ থেকে এই হস্তিনাপুরে সসম্মানে ডেকে এনেছেন।যুবরাজের ভীষণ ইচ্ছে, নতুন ঐ সভাগৃহের দ্বার উৎঘাটন করেন তার জেষ্ঠ্য অগ্রজ, ভারতের অবিসম্বাদী সম্রাট যুধিষ্ঠির।আর এই আনন্দ অনুষ্ঠান কে কেন্দ্র করে কাল ঐ নতুন সভাগৃহে কৌরব,পান্ডবদের মধ্যে সৌজন্য মূলক দূত্য ক্রীড়ার আয়োজন করা হয়েছে।....... যুবরাজ দুর্যোধনের আমন্ত্রণে সাড়া দিয়ে ধর্মরাজ যুধিষ্ঠির, রাজমাতা কুন্তি,ভ্রাতা ভীম, অর্জুন, নকুল,সহদেব ও পান্ডব মহিষী দ্রোপদী সহ সম্পূর্ণ পান্ডব পরিবার আজই হস্তিনাপুরে এসে পৌঁছেছেন। কাল প্রাতে বেদজ্ঞ মুনি ঋষিদের সমবেত মাঙ্গলিক মন্ত্রাচ্চারনের মধ্যে শুরু হবে এই পারিবারিক মিলন উৎসব।....অথচ আজ রাতে হস্তিনাপুরের আকাশে,বাতাসে একি ঘোর অশুভ সংযোগের ঘনঘটা!..... হস্তিনাপুরের রাজপুরী যেন এক অজানা শঙ্কায় ঘুমে নিঝুম, প্রাসাদের অলিন্দে, অলিন্দে বাতাসের আনাগোনায় এক গভীর ষড়যন্ত্রের ফিসফিসানি...........আঃ! বড় দীর্ঘ এই রাত!

(হঠাৎ Upper rostrum এ আলো, আঁধারে দাঁড়িয়ে চীৎকার করে ওঠে সৌবালা।)

সৌবালা।। *(আত্ম চীৎকার।)* আঃ!আঃ! আপনারা দয়া করে একটু চুপ করুন........শান্ত হোন। আমার উপর ভরসা রাখুন.....

(সৌবালার জোনের আলো কমে। পুনরায়, রক্ষীর জোনের আলো জোড়াল হয়।)

অঙ্গদ।। *(চমকে)* একি! এতো গান্ধাররাজ আর্য সৌবালার কণ্ঠস্বর।..... আকাশে চাঁদ প্রায় মধ্যগগনে, রাতের প্রথম প্রহর শেষ হতে আর বেশি দেরি নেই.....এত রাত পর্যন্ত জেগে উনি কার সাথে কথা বলছেন? আমার অসতর্কতার সুযোগ নিয়ে ওনার কক্ষে কি কেউ প্রবেশ করেছে?.......ব্যাস, তবে তো হয়েই গেল অদ্যই আমার কর্ম জীবনের শেষ রজনী। কাল থেকে আমার দীর্ঘ অবসর, নয়তো দ্বাররক্ষীর কর্তব্য অবহেলার দায়ে আমার মৃত্যুদণ্ড অবধারিত।.... না.. না.....এ আমি কি ভাবছি?.....আমি তো রাতের প্রথম প্রহর থেকেই কৌরব সেনাপতি পুরন্দরের কথা মতন সারমেয়ের ন্যায় আমার পঞ্চ ইন্দ্রিয় সজাগ রেখে আর্য সৌবালার দ্বার আগলে বসে আছি, তাছাড়া আমি তো একা নই, আমার মতন কতশত পাহারাদার এই হস্তিনাপুর রাজপ্রাসাদের নিরাপত্তায় সদা জাগ্রত।...... তাদের চোখ এড়িয়ে, এত রাতে আর্য সৌবালার কক্ষে প্রবেশ

করা একটা মূষিকের পক্ষেও সম্ভব নয়।(চিন্তিত কণ্ঠে) তাছাড়া কেন জানি না, আজ গান্ধাররাজ আর্য সৌবালার কক্ষটিকে এক কঠিন, কঠোর নিরাপত্তা বলয়ের মধ্যে মুড়ে ফেলা হয়েছে ঠিক যেমন করে হস্তিনাপুরের রত্ন ভান্ডারটিকে কপট, দুর্বৃত্তের হাত থেকে রক্ষা করা হয়। আজ যেন আর্য সৌবালা, হস্তিনাপুরের ভাবী সম্রাট দুর্যোধনের চোখের মনি। যুবরাজ শুধু ওনার নিরাপত্তাই নয়,আর্য সৌবালার শারীরিক ও মানসিক মনোরঞ্জনের জন্য পর্যাপ্ত পরিমাণে সুরা ও নারীর ব্যবস্থাও করে রেখেছেন।.........হ্যাঁ, একথাও ঠিক এই হস্তিনাপুরে যুবরাজ দুর্যোধনের হাতে গোণা সুহৃদের মধ্যে মাতুল সৌবালা একজন... তথাপি আজ মাতুলের প্রতি যুবরাজ হঠাৎ করে এত সদয়!...... তবে কি এর পিছনে অন্য কোন কারণ.......

(অঙ্গদের সন্দেহ মাখা চিন্তিত মুখ।আলো নেভে। Upper rostrum আলোকিত হলে দেখি, সৌবালার হাতে ধরা সুরার পাত্র। সৌবালা এক নিঃশ্বাসে সুরা পান করে,পাত্রটা ছুঁড়ে ফেলে দেয়।)

সৌবালা।। (ঈষৎ নেশা জড়ানো কণ্ঠে।) হ্যাঁ,হ্যাঁ কারন।....এই জগতে কারন ছাড়া কোন কার্য হয় না।আজ পর্যন্ত আমি যে,যে কার্য করেছি, ভবিষ্যতে যে কার্য করবো তার পিছনে অবশ্যই একটা নির্দিষ্ট কারন আছে।আর সে কারন সম্পর্কে আমি সম্পূর্ণ

অবগত আছি....তবু.... তবু কেন! এভাবে প্রতিমুহূর্তে আপনার আমাকে, আমার দায়িত্বের কথা স্মরণ করিয়ে দেন?

হঠাৎ আবহতে শিয়াল, সারমেয়র ডাকের সাথে মিশে,ভেসে আসে অনেক মানুষের কণ্ঠস্বর, তারা যেন ফিসফিস করে বলছে,"প্রতিশোধ, প্রতিশোধ"।

সৌবালা।।(বিপন্ন কণ্ঠে চীৎকার করে)আঃ!আঃ!.....প্রতিশোধ... প্রতিশোধ.... আমার স্বপ্ননে জাগরনে, দিবা নিশি আপনাদের ঐ কণ্ঠস্বর আমাকে তাড়া করে বেড়ায়..... আমার কাজে, অকাজে, প্রেমে, অপ্রেমে আমার জীবিত থাকার যেন একটাই উদ্দেশ্য.... প্রতিশোধ.... প্রতিশোধ.... আমাদের বিরুদ্ধে হওয়া অন্যায়ের প্রতিশোধ নাও সৌবালা।অন্যায়কারীদের রক্তের তর্পণে এই অসহ্য নরক যন্ত্রনা থেকে তুমি আমাদের মুক্তকর। (হাত জড়ো করে প্রার্থনার ভঙ্গিতে) হে পিতৃদেব সুবল, হে আমার হতভাগ্য শতভ্রাতা, আপনারা আপনাদের অমূল্য জীবনের বিনিময়ে আমরা জীবন দান করে এ কোন কঠিন বাস্তবের সামনে দাঁড় করালেন আমায়?এ কোন জীবন, যে জীবনে আমার ইচ্ছা,অনিচ্ছার কোন মূল্য নেই! মূল্য নেই সেচ্ছায় নিজের জীবনের লক্ষ্য স্থির করার অধিকার...... আমি কি শুধুই আপনাদের অদৃশ্য হাতের ক্রীড়ানক মাত্র?.... আপনাদের ইচ্ছাই আমার ইচ্ছা। আপনাদের লক্ষ্যই আমার লক্ষ্য।...এ যেন পশুর জীবনের মত কামনা তাড়িত জীবন।এই জীবনে প্রেম,মায়া,

মমতা, সম্পর্কের নিবিড় উষ্ণতার কোন মূল্য নেই, আছে শুধু পাশবিক উত্তেজনার উল্লাস।......(উচ্চকণ্ঠে)আমাদের বিরুদ্ধে হওয়া অন্যায়ের প্রতিশোধ নাও সৌবালা...... প্রতিশোধ নাও।.....হে পিতৃদেব সুবল, হে আমার শতভ্রাতা, আপনাদের এই বিদেহী আত্মার প্রবল প্রত্যাশার চাপে আমি সত্যি বড় ক্লান্ত, পরিশ্রান্ত।.... আমার এক, এক সময় মনে হয়, সেই দিন যদি হস্তিনাপুরের অন্ধকার কারাগারে আপনাদের সাথে আমিও সহমরণে যেতাম তবে হয়তো আমাকে এভাবে বেঁচে থেকে নরক যন্ত্রনা ভোগ করতে হতো না।......আঃ!ধিক এ জীবনে....ধিক।... কতবার ভেবেছি আপনাদের প্রত্যাশার হাত থেকে নিস্কৃতি পেতে নিজের জীবন বিসর্জন দেবার কথা। ভেবেছি বিশুদ্ধ অনলে নিজেকে সঁপে দিতে কিংবা তীব্র বিষ কণ্ঠে ধারন করে, আমার শরীরে আপনাদের ঢুকিয়ে দেওয়া বিষের বিষক্ষয় করি.....নতুবা...(ফলের ডালার দিকে এগিয়ে,ফল কাটার খঞ্জরটা তুলে নিয়ে, নিজের পেটে ঢোকাবার ভঙ্গি করতেই.....)

হঠাৎ সৌবালার কক্ষের গবাক্ষে আলো, আঁধারিতে প্রকট হয় সুবল।

সুবল।।(ধমকে) স্তব্ধ হও মূর্খ!.....যে জীবন তোমার নয়, সেই জীবন হরন করার অধিকার তোমার নেই সৌবালা।

সৌবালা।।(হাতে ধরা খঞ্জরটা ফেলে দিয়ে, ভয়ার্ত কণ্ঠে) কে? কে?

সুবল ।। পিতার কণ্ঠস্বর চিনতে তোমার ভুল হচ্ছে সৌবালা! তোমার কাছে আমি কি আজ এতই বিস্মৃত?

সৌবালা ।।(চমকে)পিতা!...তা কি করে সম্ভব?..... আপনি তো হস্তিনাপুরের কারাগারে......

সুবল।। মূর্খ! আত্মা দেহ পরিত্যাগ করলেই তার মুক্তি ঘটে না।যতক্ষণ না পর্যন্ত পুত্র হিসাবে তুমি, আমার প্রত্যাশা পূরণ করছো,ততক্ষণ আমার মুক্তি নেই সৌবালা।

সৌবালা ।। আপনার প্রত্যাশা?

সুবল।। শুধু আমার একার নয়,যাদের দয়ায় তুমি আজও বেঁচে আছ, তোমার সেই শতভ্রাতারও ঐ এক চাহিদা....... প্রতিশোধ....কৌরব বংশ ধ্বংস করে....

সৌবালা।। কিন্তু পিতা, হিংসার বিনিময়ে হিংসা কি কোন মহৎ কার্য সম্পূর্ণ করতে পারে?.... হিংসাকে তো ক্ষমা দিয়েও জয় করা য়ায়।.....জয় করা যায় ভালোবাসা দিয়ে।

সুবল।। (সন্দিহান কণ্ঠে) বৎস, তুমি কি তোমার প্রতিজ্ঞা সম্পর্কে বিস্মৃত?

সৌবালা।। না পিতা, হস্তিনাপুর কারাগারে আপনাদের মৃত্যুর পূর্বে, আপনাদের দেওয়া সব প্রতিজ্ঞাই আমার স্মরনে আছে।

সুবল।। (স্নেহ মিশ্রিত কণ্ঠে) তা সত্ত্বেও তোমার মনে আজ এত দোলাচল কেন বৎস?

সৌবালা।।(অস্থির ভাবে)সময় পিতা,সময়.....সময়ের প্রেক্ষিতে, পরিস্থিতির রদবদলে মানব মনেও তার প্রভাব পড়ে। এ বিশ্বে স্থির সত্য বলে তো কিছু হয় না, সময়ের নিরিখেই সত্যা,সত্য নির্ধারিত হয়।তাই অতীততে যা ছিল মহৎ সত্য, বর্তমানে তা নাও থাকতে পারে......

সুবল।। (রাগান্বিত কণ্ঠে) কিন্তু এই বিশ্বে কিছু স্থির সত্য আছে যা অলঙ্ঘনীয় সৌবালা। দিবাকর পূর্বে উদয় হয় এটা যেমন ধ্রুব সত্য তেমনই গান্ধার বংশের আবহমানের শত্রু ঐ পিতামহ ভীষ্ম, হস্তিনাপুরের সম্রাট ধৃতরাষ্ট্র, সর্বপরি সমগ্র কৌরব বংশ।

সৌবালা ।। দিবাকর পূর্বে উদিত হয় এ সত্যতো আমাদের অবস্থানগত দৃষ্টির কারনে, কোন কারনে যদি আমাদের অবস্থানের পরিবর্তন ঘটে তবে ঐ ধ্রুব সত্যেরও পরিবর্তন হতে বাধ্য পিতা?

সুবল।। আমি জানি সৌবালা তুমি কিশোর বয়স থেকেই দূত্যে ক্রীড়ার মতন, তোমার বাক্য জাল বিস্তার করে প্রতিপক্ষের যুক্তিকে ফুৎকারে উড়িয়ে দেবার বিষয়ে পারঙ্গম।এ কথা স্বীকার করতে আমার লজ্জা নেই তোমার পিতা হয়েও তোমার যুক্তিকে খন্ডন করার ক্ষমতা আমার নেই। তাই তুমি কোন হেঁয়ালি না করে, কি বলতে চাও একটু পষ্ট করে বলবে বৎস?

সৌবালা ।। বলবো পিতা, বলবো।রাত পোহালেই আমি আমার জীবনের সর্বোত্তম পরীক্ষায় অবতীর্ণ হব, তাই আজি তো সেই মাহেন্দ্রক্ষণ আপনার কাছে আমার মনের গভীর, গোপনে লুকিয়ে রাখা কথাগুলো প্রকাশ্যে আনার।

সুবল।। মনে কোন দ্বিধা না রেখে যা বলতে চাও বল বৎস, বল....

সৌবালা ।। (উদাস কণ্ঠে) পিতা আপনার মনে পড়ে অতীতের ফেলে আসা সেই দিনগুলির কথা? তখন আমারা শতভ্রাতা সবে কৈশোর ছাড়িয়ে যৌবনে পা রেখেছি, আর আমাদের শতভ্রাতার চোখের মনি, ভালোবাসার ধন ভগিনী গান্ধারী তখন সদ্য যৌবন প্রাপ্ত। তার রুপে, গুনের সৌরভে আকৃষ্ট হয়ে এক অখ্যাত,অনামি গান্ধাররাজ্যে মধুকরের মতন ছুটে আসছে কত শত রাজ্যের রুপবান, গুনবান রাজা,রাজকুমারেরা, এরকমই একদিন পিতামহ ভীষ্ম সহ হস্তিনাপুরের রাজপুত্র ধৃতরাষ্ট্র গান্ধারে এসে অনুমতা গান্ধারীকে স্ত্রী হিসাবে নির্বাচন করলেন........

সুবল ।। (রাগে চীৎকার করে) স্তব্ধ হও সৌবালা, অতীতের ঐ স্মৃতি মন্থন করে আমার অন্তর যন্ত্রনাকে আর বাড়িয়ে তুলনা।.... আমার আত্মজা গান্ধারী হল রুপে, গুনে নারী শ্রেষ্ঠা,তাকে হস্তিনাপুরের অন্ধ রাজকুমার ধৃতরাষ্ট্রের হাতে সমর্পণ করার কোন ইচ্ছা আমার ছিল না... কিন্তু....

সৌবালা ।। কিন্তু পিতামহ ভীষ্মের ক্ষমতা আর হস্তিনাপুরের রাজকুমার ধৃতরাষ্ট্রের অন্ধ কামনার কাছে আমার ছিলাম ভীষণ অসহায় পিতা।

সুবল ।। হ্যাঁ, আমার অনিচ্ছা সত্ত্বেও অন্ধ রাজকুমার ধৃতরাষ্ট্র প্রায় জোর করেই পুত্রী গান্ধারীকে স্ত্রী হিসাবে নির্বাচন করলেন।

সৌবালা ।।(বিষন্ন কণ্ঠে) পিতা "নিয়তিঃ কেন বাধ্যতে"...... ধৃতরাষ্ট্র গান্ধারে এসে গান্ধারীকে স্ত্রী হিসাবে নির্বাচন করলেও, মহান ভরত বংশের নিয়ম অনুসারে বিবাহের বিধি নিয়ম পালিত হবে হস্তিনাপুরে, আর তাই আপনি জেষ্ঠ্য পুত্র হিসাবে আমাকে দায়িত্ব দিলেন, হস্তিনাপুরে গিয়ে যথাযোগ্য আচার বিধি মেনে ভগিনী গান্ধারীকে, রাজকুমার ধৃতরাষ্ট্রের হাতে সম্প্রদানের অধিকার।

সুবল।। আমার বয়সের কারনেই আমি, তোমাকে সে দায়িত্ব দিয়েছিলাম। অবশ্য তোমাকে হস্তিনাপুরে পাঠাবার পিছনে আরও একটা কারন ছিল,যাতে তুমি স্বচক্ষে দেখে আসতে পার, হস্তিনাপুরের রাজবধূ হিসাবে গান্ধারী তার উপযুক্ত সম্মান পেল কি, না?

সৌবালা।। সে দিন আপনার আদেশ শিরোধার্য করে, ভগিনী গান্ধারীকে অনুসরন করে এসে পৌঁছালাম হস্তিনাপুর রাজপ্রাসাদে।রাজপ্রাসাদে পা রেখে,ভরত বংশের বিশাল বৈভব, ঐশ্বর্য দেখে আমার চোখ ধাঁধিয়ে গেল.... শুধু তো পার্থিব সম্পদ

নয়, মানবসম্পদেও হস্তিনাপুর রাজপ্রাসাদ ভরপুর, যে দিকে তাকাই সে দিকেই দেখি বিদ্বান,জ্ঞানী,রথী-মহারথীদের ভীড়, গঙ্গাপুত্র ভীষ্ম, ধর্মরাজ বিদূর, অস্ত্রগুরু দ্রোনাচার্য, কৃপাচার্য। এরপর, এক শুভ দিনে সসম্মানে ভগিনী গান্ধারীকে, ধৃতরাষ্ট্রের হাতে সম্প্রদান করে পুনরায় ফিরে এলাম আমার প্রত্যন্ত দেশ গান্ধারে।

সুবল।। (বিষন্ন কণ্ঠে)হ্যাঁ , তুমি গান্ধারে ফিরলে বটে, তবে সম্পূর্ণ অন্যমানুষ হয়ে, হস্তিনাপুরে যাবার পূর্বে যে ছিল সদা প্রানচ্ছল, কৌতুক প্রিয়... সে হয়ে গেল সম্পূর্ণ নিশ্চুপ, অন্যমনস্ক। আমি তখন তোমার কাছে থেকে কতবার জানতে চেয়েছি ঐ অন্যমনস্কতার কারন? কিন্তু সেই দিন আমার প্রশ্নকে তুমি বারংবার এড়িয়ে গিয়েছিলে।

সৌবালা।। আসলে পিতা, ঐ প্রশ্নের উত্তর দিয়ে সে দিন আমি আপনার বিড়ম্বনাকে বাড়িয়ে তুলতে চাইনি।

সুবল।।(অস্থির কণ্ঠে) ভুল করে ছিলে বৎস, আমার প্রশ্নের উত্তরে নিরব থেকে সে দিন, আমার বিড়ম্বনা কমানোর বদলে আরও দ্বিগুন বাড়িয়ে তুলেছিলে। কারন তুমি ছিলে আমার জেষ্ঠ্য পুত্র, আমার শত পুত্রের মধ্যে বুদ্ধিতে, কূটনীতিতে, অস্ত্র শিক্ষায়, সর্বপরি ক্রীড়ায় সর্বোত্তম। আমি মনে, মনে সিদ্ধান্ত নিয়েছিলাম আমি তোমার হাতে গান্ধারের ভার ছেড়ে দিয়ে নিশ্চিন্ত হয়ে বানপ্রস্থে গমন করবো।

সৌবালা।।(ঈষৎ হেসে) আপনার মনের ইচ্ছা আমার অজানা ছিল না পিতা। কিন্তু গান্ধারের মতন এক ছোট্ট পার্বত্য অঞ্চলের, কিরাত, কম্বোজ, বর্বরদের সমগোত্রীয় এক পার্বত্য জাতির রাজা হওয়ার জন্য আমার জন্ম হয়নি পিতা।

সুবল।।(রাগান্বিত কণ্ঠে)স্তব্ধ হও মূর্খ! জন্মভূমি মাতৃতুল্য, তার নিন্দা করা পাপ......

সৌবালা।। ক্ষমা করবেন পিতা,অকপট সত্য কখনও, কখনও ক্রোধের কারন হলেও তার চরিত্রের কোন বদল ঘটে না। গান্ধার আমার মাতৃভূমি হলেও, হস্তিনাপুরের তুলনায় নিতান্তই এক গ্রাম্য, হীন জাতির দেশ।ঐ দেশে তখন আমারা বুদ্ধিমত্তা, বাকপটুতা, ক্রীড়া নৈপুণ্যকে প্রতিযোগিতায় আহ্বান জানাতে পারে এমন প্রতিদ্বন্দ্বী একজনও ছিল না।

সুবল।।সে কারনেই আমি চেয়েছিলাম গান্ধারের ভার তোমার হাতে তুলে দিতে।

সৌবালা।। অথচ আপনি ভালো করেই জানেন পিতা,বাল্যকাল থেকে বিনা প্রতিদ্বন্দ্বিতায় কিছু পেতে কিংবা হাত পেতে নিতে আমার বড় অনীহা।আমি যা চাই তা য্যোগতা দিয়ে অর্জন করতে পারি তো ভালো, নয়তো ছলে, বলে, কৌশলে প্রতিদ্বন্দ্বীকে পরাজিত করে ছিনিয়ে নিতে আমি কোন অন্যায় দেখি না।

সুবল।।(তির্যক কণ্ঠে)ও! আর এই কারনেই তুমি একদিন, ভগিনী গান্ধারীর ভালো, মন্দের খবর নেবার অছিলায়, গান্ধার ছেড়ে পাকাপাকি ভাবে হস্তিনাপুরের উদ্দেশ্যে রওনা দিয়েছিলে?

সৌবালা।। আপনার অনুমান সত্য পিতা।একান্ত অনুগত বার্তাবাহকের কাছ থেকে আমি জেনে ছিলাম, দুই পত্নী সহ বনবিহারে গিয়ে হস্তিনাপুরের সম্রাট পান্ডু ইওজগৎ ছেড়ে পরলোকের উদ্দেশ্যে গমন করেছেন। অতএব, হস্তিনাপুরের কার্যনির্বাহী অন্ধ সম্রাট ধৃতরাষ্ট্রের পূর্ণ সম্রাটের মর্যাদা পেতে আর কোনো বাঁধা নেই।

সুবল।। তাই তুমি অন্ধ সম্রাটের যষ্ঠি হতে পুনরায় হস্তিনাপুরে এসে উঠেছিলে?

সৌবালা।। আপনার কথাই যথার্থ পিতা। প্রথমবার ভগিনী গান্ধারীর সাথে হস্তিনাপুরে এসে আমার মনে হয়েছিল এটাই তো আমার স্বপ্নের ক্রীড়া ভূমি,যে ভূমিতে দাঁড়িয়ে আমি যোগ্য প্রতিদ্বন্দ্বীর সাথে প্রতিযোগিতায় লিপ্ত হতে পারি....সে প্রতিদ্বন্দ্বীতায় যদি আমি জয়ী হই তাহলে আমিই হব কৌরব রাজনীতির প্রধান পুরোহিত নচেৎ যদি বা পরাজিত হই, ঐ পরাজয়ও আমার কাছে গৌরবের কারন এখানে যার কাছে পরাজিত হব সে আমার চেয়ে অনেক, অনেক বেশি যোগ্য।

সুবল।। এতক্ষণে আমার কাছে পষ্ট সৌবালা, কেন তুমি প্রথমবার হস্তিনাপুর থেকে গান্ধারে ফিরে প্রতিনিয়ত অমন

বিমর্ষ থাকতে। আসলে, হস্তিনাপুর রাজপ্রাসাদে পা রেখে তোমার উচ্ছাঙ্খা মাথা চাড়া দিয়ে উঠেছিল।

সৌবালা।।(উত্তেজিত কণ্ঠে)হ্যাঁ পিতা, পুনরায় হস্তিনাপুরে ফিরে আমার অভিষ্ট লক্ষ্যে পৌঁছাতে প্রতিনিয়ত আমাকে কত অপমান, বিদ্রুপ বানে ক্ষত বিক্ষত হতে হয়েছে। পিতামহ ভীষ্ম, মহামতি বিদূর আমাকে, "শকুনিঃপার্বতীয় " বিশেষনে তাচ্ছিল্য করেছেন।শক, কিরাত, পারদ, তথাকথিত হীন জাতির সাথে গান্ধাররাজ সৌবালাকে এক পঙক্তিতে দাঁড় করিয়েছেন। এমন কি আমার প্রানের চেয়েও প্রিয় ভগিনী গান্ধারীও আমাকে ভুল বুঝেছে।......অত হৃদয় বিদারক যন্ত্রনাকে সহ্য করেও আমি হস্তিনাপুর থেকে পলায়নের কথা ভাবিনি পিতা, মাটি আঁকড়ে পড়েছিলাম দিন বদলের আশায়।

সুবল।।(রাগত স্বরে) ধিক পুত্র, ধিক.... অধিক উচ্ছাঙ্খা যে মানবকে আত্মমর্যাদা হীন পথ কুক্কুর করে তোলে তা তোমার আচরনেই পষ্ট।

সৌবালা।।(চীৎকার করে) পিতা আমি তো গঙ্গাপুত্র ভীষ্ম নই...নই মহামতি বিদূর, আমি গন্ধাররাজ সৌবালা, একজন দুত্য ক্রীড়ার শ্রেষ্ঠ ক্রীড়াবিদ। ক্রীড়া ভূমিতে দাঁড়িয়ে কখনও, কখনও প্রতিপক্ষ এমন সুবিধাজনক অবস্থায় থাকে মনে হয় এই বুঝি হেরে গেলাম, কিন্তু একজন প্রকৃত ক্রীড়াবিদ হিসাবে আমি জানি, এই সময় মনস্থির করে অপেক্ষায় থাকতে হয়,

একটা.... একটা ইপ্সিত দানের জন্য আর ঐ দানই পারে প্রতিপক্ষের সমস্ত চক্রব্যূহ ভেঙ্গে তছনছ করে দিতে.... তাই আমিও ছিলাম ঐ সময়ের অপেক্ষায়।

সুবল।। সময়ের অপেক্ষায়?

সৌবালা।। হ্যাঁ পিতা,সে সুযোগ এল এক শুভক্ষনে ভগিনী গান্ধারীর কোল আলো করে জন্ম নিল দুর্যোধন ও তার শতভ্রাতা। সদ্যজাত শিশু দুর্যোধনকে দেখে আমার মনে হলো, বীর ভরত বংশে এর জন্ম হলেও, পার্বতীয়ঃ মাতুল বংশের শোনিত বইছে এর ধমনীতে। আমি আনন্দে অধীর হয়ে দু হাত বাড়িয়ে শিশু দুর্যোধনকে বুকে তুলে নিতেই, সে তার ছোট, ছোট নিটোল হাত দিয়ে অসহায় পক্ষী শাবকের মতন আমার কণ্ঠ জড়িয়ে ধরলো..... সেই প্রথম সম্পর্কের নিবিড় চিরন্তন উষ্ণতার কাছে খড় কূটোর মতন ভেসে গেল আমার প্রতিশোধ স্পৃহা। আমি মনে, মনে প্রতিজ্ঞা করলাম এই শিশুকে আপন বীক্ষণে বড় করে তোলাই হবে এখন থেকে আমার জীবনের একমাত্র লক্ষ্য।

সুবল।।(অসহায় কণ্ঠে)এ তোমার ভ্রান্ত ধারনা সৌবালা,সর্প শাবকে তুমি যতই ভালোবাসা দিয়ে পোষ মানাবার চেষ্টা করোনা কেন,সে বংশের স্বভাব থেকে কখনই বিচ্যুত হয় না....সুযোগ পেলে একদিন না একদিন তোমাকে ঠিক ছোবল মারবেই।

সৌবালা।।(অস্থির কণ্ঠে) পিতা, আত্মা তো সর্বদ্রষ্টা, তাকিয়ে দেখুন না বর্তমানের দিকে, সে দিনের ঐ শিশু আজ পূর্ন যৌবন নিয়ে হস্তিনাপুরের যুবরাজ.....আপন অন্তর দৃষ্টি দিয়ে তার দিকে তাকালে আপনি দেখতে পাবেন আপনার এই আত্মজকে। মহান ভরত বংশের বীর স্বভাব কে ফুৎকারে উড়িয়ে আমি তার অন্তরে আপন পার্বতীয় চোরা গোপ্তা স্বভাবটা প্রতিফলিত করতে সক্ষম হয়েছি তাই,হস্তিনাপুরের সর্বশক্তিমান যুবরাজ আমার নেহাতই অনুগত, বাধ্য ছাত্র। আমার এই পাশার অক্ষের মতন আমি তাকে যে ভাবে চালাবো,সে সেই ভাবেই চলবে.....

সুবল।।(বিস্ময়ে)ও! কৌরব বংশকে সর্বশক্তিমান বানাতে, পান্ডবদের শক্তি খর্ব করতে, কৈশোরে দ্বিতীয় পান্ডব ভীমকে বিষ খাইয়ে মারার পরিকল্পনা তবে তোমারই ছিল সৌবালা?

সৌবালা।। হ্যাঁ পিতা।

সুবল।। বারণাবতের জতুগৃহে পান্ডবদের পুড়িয়ে মারার কুমন্ত্রণা........?

সৌবালা।।(চীৎকার করে)ঐ পরিকল্পনাও আমার, আমারই ছিল পিতা।কারন আমি জানি,দুর্যোধন যত বড়ই বীর হোক না কেন, পঞ্চপান্ডবকে ন্যায় যুদ্ধে হারিয়ে হস্তিনাপুরের সম্রাট হবার ক্ষমতা তার নেই।

সুবল।। এত ছলনার পরেও কি তোমার তোমাদের অভিষ্ট লক্ষ্যে পৌঁছাতে পেরেছো সৌবালা?.....যাদের তোমার প্রতিনিয়ত ধ্বংস করতে চেয়েছো, সেই পান্ডবরা বারংবার অজ্ঞাতবাস থেকে ফিরে এসেছে, আরও আর শক্তি সঞ্চয় করে।... চেয়ে দেখো, ধর্মরাজ যুধিষ্ঠিরের দিকে, সে আজ ভ্রাতাদের সাথে নিয়ে, ধর্মের পথে,ন্যায়ের পথে থেকে খান্ডববন দহন করে পত্তন করেছে ইন্দ্রপস্থের।যা বিত্তে, বৈভবে হস্তিনাপুরকেও হার মানিয়ে দেয়।

সৌবালা।।(অট্টহাসি) থাকবে না পিতা, থাকবে না। কাল প্রাতে শুরু হবে মহারন,ঐ রনে থাকবে না কোন সৈন্য, সামন্ত, চলবে না কোন অস্ত্র, পঞ্চপান্ডবের শরীরে কোন ক্ষতের দাগ পড়বে না অথচ তারা তাদের সব সমৃদ্ধি হারিয়ে পুনরায় বনচারী হতে বাধ্য হবে।..... আমার প্রানাধীক দুর্যোধন হবে ইন্দ্রপস্থের একচ্ছত্র অধিপতি।

সুবল।।(হতাশ কণ্ঠে)ধিক সৌবালা!ধিক!....যে পান্ডবরা হতে পারতো তোমার ইপ্সিত লক্ষ্যের সহযাত্রী, তুমি তাদের ধ্বংস করে,কৌরব বংশের সুরক্ষার কথা ভাবছো? এই দিনটা দেখার জন্য কি আমি, আমাদের জীবনের বিনিময়ে তোমার প্রান দান করেছিলাম?

সৌবালা।। (আর্ত্ম চীৎকার) পিতা!

সুবল।।(রাগান্বিত কণ্ঠে) স্তব্ধ হও দুরাচারী,ঐ মুখে পিতা সম্বোধন করে তুমি আমাকে কলুষিত কোর না।যদি কৌরব বংশ ধ্বংসের প্রতিজ্ঞার শপথ না রাখতে পার তবে ফিরিয়ে দাও আমার জীবন, আমার শত পুত্রের জীবন.... ফিরিয়ে দাও আমার সেই জেষ্ঠ্য পুত্রকে যে পিতৃ আজ্ঞা পালনের জন্য নিজের জীবন পর্যন্ত দান করতে পারতো.... ফিরিয়ে দাও সৌবালা... ফিরিয়ে দাও.....

সৌবালা।।(বিপন্ন কণ্ঠে) আঃ! আপনি চুপ করুন পিতা।দয়া করে এখান থেকে চলে যান,আমাকে একটু একা থাকতে দিন....চলে যান পিতা....চলে যান....

বিপন্ন সৌবালা আলোর বৃত্তে একা।সুবল প্রস্থান করে। উৎকণ্ঠা মাখা মুখে দ্রুত মঞ্চে প্রবেশ করে অঙ্গদ।

অঙ্গদ।।(উৎকণ্ঠিত ভাবে)কি হয়েছে আর্য সৌবালা?

সৌবালা।।(চমকে)কে?....কে?

অঙ্গদ।। আমি আর্য। আপনার দেহরক্ষী অঙ্গদ।

সৌবালা।।(রাগত স্বরে) একি অঙ্গদ! তুমি বিনা অনুমতিতে আমার কক্ষে ঢোকার সাহস পেলে কি করে?

অঙ্গদ।। ক্ষমা করবেন আর্য, কক্ষের বাইরে থেকে অনেকক্ষন ধরে আপনার ক্ষীন কণ্ঠস্বর আমার কর্নগোচর হচ্ছিল কিন্তু

হঠাৎই আপনার আত্ম চীৎকার শুনে আমি কক্ষে প্রবেশ করতে বাধ্য হয়েছি।

সৌবালা।। আমার একান্ত দেহরক্ষী হিসাবে, তোমার তো একথা অজানা নয় অঙ্গদ, আমার এই আত্মকথন প্রতিরাতের অভ্যাস।

অঙ্গদ।। জানি আর্য। কিন্তু কেন জানি না,কৌরব সেনাপতি পুরন্দর আমাকে আদেশ করেছেন, আজকের রাতটা বিশেষ ভাবে যেন আপনার রক্ষীর দায়িত্বে সর্তক থাকি। তাই অনিচ্ছা সত্ত্বেও, আপনার নিরাপত্তার কথা ভেবে, আমি কক্ষে প্রবেশ করতে বাধ্য হয়েছি।

সৌবালা।। (ঈষৎ হেসে) বিনা অনুমতিতে কক্ষে প্রবেশ করে আমার ক্রোধের কারন ঘটালেও, রাষ্ট্রের প্রতি তোমার দায় দেখে আমি মুগ্ধ অঙ্গদ। যাও, ভালো করে কক্ষের চারপাশ পর্যবেক্ষণ করে দেখে নাও আমি ব্যাতিত দ্বিতীয় কোন ব্যক্তি এখানে আছে কি না?

অঙ্গদ।। আমার আচরন আপনার ক্রোধের কারন হলে,আমায় ক্ষমা করবেন আর্য। আমি শুধু আমার দায়িত্ব পালন করছি মাত্র।

সৌবালা।।(নরম কণ্ঠে)কুণ্ঠার কোন কারন নেই অঙ্গদ, তুমি তোমার কার্যে মনোনিবেশ কর।(একান্তে) রাষ্ট্রনীতি কি দুর্বোধ্য, যে মানুষটা এককালে ছিল "শকুনি পার্বতীয়" নিছক তাচ্ছিল্যের

পাত্র, আজ সময়ের প্রেক্ষিতে সেই মানুষটাই রাষ্ট্রের কাছে দুর্মূল্য। নাকি রাষ্ট্রের চোখে আমিও সন্দেহের উর্ধ্বে নই! .... তাই এই কঠিন,কঠোর নিরাপত্তা বলয়?

অঙ্গদ।।(কক্ষের চারপাশ দেখে এসে।) আর্য, আপনার বিশ্রামে অকারনে ব্যাঘাত ঘটাবার জন্য আমি আন্তরিক ভাবে দুঃখিত।

সৌবালা।।(বিষন্ন কণ্ঠে) বিশ্রাম!... আমার জীবনে ঐ শব্দটার বোধহয় কোন অস্তিত্ব নেই অঙ্গদ। জানো, কত দিন ভেবেছি একটু শান্তিতে,দু চোখের পাতা এক করে সুখ নিদ্রায় শয়ন করবো।......কিন্তু দু চোখের পাতা এক করতেই ভয়ঙ্কর সব দুঃস্বপ্ন এসে ভীড় করছে আমার চারপাশে, আমি চীৎকার করে শয্যা ত্যাগ করে উঠে বসেছি,আর ঠিক তখনই আমার স্বপ্ন, বাস্তবের অবগুণ্ঠন ছিন্ন করে জেগে উঠেছে ঐ প্রেত আত্মারা....আঃ!...আ!..

অঙ্গদ।। আর্য রাতের প্রথম প্রহর শেষ হতে আর বিলম্ব নেই। কাল প্রাতে হস্তিনাপুরের রাজকীয় অনুষ্ঠানে আপনার অনেক দায়িত্ব তাই ক্ষনকালের জন্য হলেও আজ রাতে আপনার বিশ্রামের বড়ই প্রয়োজন।......আর্য কিছু যদি মনে না করেন একটা কথা নিবেদন করবো?

সৌবালা।।। মনে কোন দ্বিধা না রেখে কি বলতে চাও বল অঙ্গদ?

অঙ্গদ।।আর্য,কৌরব সেনাপতির আদেশ মতন আজ রাতে আপনার মনোরঞ্জনের জন্য বিশেষ ব্যবস্থা রাখা হয়েছে। সেই মতন হস্তিনাপুরের উৎকৃষ্টতম সুন্দরী, লাস্যময়ী সেবাদাসীরা আপনার সেবা করার জন্য অপেক্ষায় রয়েছে। আপনি যদি আদেশ করেন তো, আপনার গাত্র মর্দনের জন্য তাদের কাউকে পাঠিয়ে দেবো?

সৌবালা।।(আনন্দে অট্টহাসি হেসে)দেখছো, দেখছো অঙ্গদ, হস্তিনাপুরের ভাবী সম্রাট তার মাতুল সম্পর্কে কত সচেতন!.... সত্যি কাল আমার অসীম দায়িত্ব।এই রাজকীয় পারিবারিক মিলন উৎসবর সফলতা,ব্যর্থতা নির্ভর করছে আমার উপর।নিজ দায়িত্ব,কর্তব্যে অবিচল থাকতে, প্রকৃতই আজ রাতে আমার ক্ষনিক বিশ্রামের ভীষণ প্রয়োজন।যাও অঙ্গদ,এই মুহূর্তে কোন সেবাদাসীকে আমার কক্ষে প্রেরন করা।

অঙ্গদ।। যথা আজ্ঞা আর্য।

অঙ্গদ কক্ষ থেকে প্রস্থান করে। আলোর বৃত্তে প্রসন্ন মুখে একা সৌবালা....

সৌবালা।।(তির্যক হেসে) আমার শেখান বিদ্যা আমার উপর প্রয়োগ করে সত্যি আমাকে মুগ্ধ করলে বৎস!...পিতামহ ভীষ্ম, মহামতি বিদূরের পরিশীলিত রাজনীতিকে পাথেয় করে প্রজাবৎসল,মহৎ নৃপতি হবার মতন যোগ্যতা তোমার নেই দুর্যোধন। তাই মাতুলের শেখান কপটতা কে আশ্রয় করেই

তোমায় দখল করতে হবে রাষ্ট্রের ক্ষমতা.... তোমার প্রয়োজনে যাদের ব্যবহার করবে তাদের সুখ, সমৃদ্ধির জন্য কোষাগারের দ্বার রাখবে সদা উন্মুক্ত।তাদের করা শত অন্যায়ও হবে নেহাৎই শিশু সুলভ বাতুলতা,যা অনায়াসে রাজ ক্ষমার যোগ্য কারন ঐ মানুষগুলোই তোমাকে সাহায্য করবে তোমার ইপ্সিত লক্ষ্য পূরণে।

সৌবালার একান্ত সংলাপের মধ্যে মঞ্চে প্রবেশ করে এক অবগুণ্ঠিতা সেবাদাসী।

দাসী।। আর্য গান্ধাররাজ , আপনি আমাকে স্মরণ করেছেন?

সৌবালা।। (আনন্দের সাথে)এসো সুন্দরী,এসো.. কি নাম তোমার?

দাসী।। নামে কি এসে যায় আর্য?.....আজ রাতে আপনি আমার প্রভু,আমাকে যে নামে সম্বোধন করবেন, সেইটাই আমার পরিচয়।

সৌবালা।। বেশ তাই হবে। কিন্তু ঐ অবগুণ্ঠন সরিয়ে, তোমার পূর্ণ চন্দ্রিমার মতন মুখ মন্ডল আমার সম্মুখে প্রকাশ করতে,এত কুণ্ঠা কেন সুন্দরী?.... তোমার কি ধারনা আর্য গান্ধাররাজ নারী লাবন্য সুধা পানে অপারগ?

দাসী।।(লজ্জিত কণ্ঠে)ছি!ছি!....এ আপনি কি বলছেন আর্য ,বরং আজ রাতে আমি আপনার সেবাদাসী হতে পেরে ধন্য। তবে

শাস্ত্রে বলে, লজ্জা নারীর ভূষণ, তাই আমর অবগুণ্ঠন উন্মোচনের ভার যদি আপনি নিজ হস্তে নেন....

সৌবালা।।(প্রসন্ন মুখে) তোমার কথায় যুক্তি আছে সুন্দরী। বেশ, এই আমি নিজ হস্তে তোমার অবগুণ্ঠন উন্মোচন(*সংলাপের সাথে দাসীর অবগুণ্ঠন তুলতেই, দাসীর রূপ দেখে সৌবালা কথা হারিয়ে ফেলে।স্থির দৃষ্টিতে চেয়ে থাকে।*)

দাসী।।। (লজ্জা জড়িত চোখে সৌবালার দিকে চেয়ে)কি হলো আর্য! কিছু মুহূর্ত আগে আমার অবগুণ্ঠনে ঢাকা মুখমন্ডল দেখে, আপনি যে পূর্ণ চন্দ্রিমার উপমা টেনে এনেছিলেন, অবগুণ্ঠন উন্মোচনের পর সে উপমা কি আপনার ভ্রান্ত বলে মনে হলো?

সৌবালা।।। না, সুন্দরী না। বরং আমার ধারণা যে কত ভ্রান্ত তা ভেবে নিজেকে ধিক্কার দিতে ইচ্ছা করছে...... তোমার মুখমন্ডলের শোভা পূর্ণ চন্দ্রিমাকেও হার মানিয়ে দেয়, তোমার মুখ অবয়বের সৌন্দর্য একান্তই স্বর্গীয় পারিজাতের সাথে তুলনীয়........শুভ্র, নির্মল, পবিত্র।

দাসী।।(কপট লজ্জায়, মুখ লুকিয়ে।) আর্য!

সৌবালা।।এত দিন তোমায় দেখিনি কেন সুন্দরী!কোথায় লুকিয়ে ছিলে তুমি?

দাসী।।(অহঙ্কারী কণ্ঠে) আমি হস্তিনাপুরের যুবরাজ দুর্যোধনের একান্তই, ব্যক্তিগত সেবাদাসী আর্য। হস্তিনাপুর রাজপ্রাসাদের

অন্দরমহলে কঠিন, কঠোর নিরাপত্তা বলয়ের মধ্যে ছিল আমার অবস্থান। সেই স্থানে শুধুমাত্র যুবরাজ দুর্যোধন ব্যতিত অন্য কোন পুরুষের প্রবেশ নিষিদ্ধ।

সৌবালা।।(উচ্ছাসিত কণ্ঠে) বাঃ! দুর্যোধন বাঃ!.... তোমার মহৎতে আমি সত্যি মুগ্ধ।বৎস, তুমি তোমার একান্ত কামনার ধনকে আজ রাতে আমার কাছে পাঠিয়েছো, গুরু দক্ষিণা হিসাবে।তোমার প্রদান করা নৈবিদ্যে আমি তুষ্ট বৎস,এর প্রতিদান তুমি পাবে কাল দুত্যক্রীড়ার আসরে।

দাসী।। আর্য আপনি যদি অনুমতি দেন তো, আপনার সম্মুখে নৃত্য প্রদর্শন করে, আপনার শারীরিক ও মানসিক ক্লান্তির প্রশমন ঘটাতে পারি......

সৌবালা।।(ঈষৎ হেসে) নৃত্য! বেশ,দেখাও তোমার নৃত্য।দেখি, তোমার স্বর্গীয় শিল্পকলার সুধারস আমি পান করতে পারি কি, না?

সেবাদাসী,সৌবালার হাত ধরে বেদিতে বসিয়ে, তার দিকে পান পাত্র এগিয়ে দেয়।সৌবালা পান পাত্র ঠোঁটে ছোঁয়াতেই, আবহতে ক্ল্যাসিকাল মিউজিক বেজে ওঠে। সেবাদাসী নৃত্য প্রদর্শন করতে থাকে। কিছুক্ষণ যেতেই হঠাৎ আবহতে মিউজিকের সাথে মিশে ভেসে আসে সুবলের কণ্ঠস্বর।যেন সে ফিসফিস করে বলছে, "প্রতিশোধ,

প্রতিশোধ।"ঐ কণ্ঠস্বরে অস্থির হয়ে সৌবালা চীৎকার করে ওঠে।

সৌবালা।। (বিপন্ন ভাবে) আঃ! বন্ধ কর... বন্ধ কর এই নৃত্য....

দাসী।। কি হয়েছে আর্য! আমার নৃত্যে কি কোন ছন্দপতন ঘটেছে?

সৌবালা।। (নিজেকে সামলে) না, সুন্দরী না। তোমার ঐ কঠিন অনুশীলন লব্ধ শিল্পকলার ভালো,মন্দ বিচার করার মতন দক্ষতা আমার নেই। তাছাড়া, ঈশ্বর তার দক্ষ হাতে, তোমার শরীরের প্রতিটি রেখায় অতি নিপুণভাবে নৃত্যের মুদ্রা এঁকে দিয়েছেন তাই তোমার নিছক পদসঞ্চালনও আমার কাছে নৃত্য তুল্য।

দাসী।। (লজ্জিত হয়ে মাথা হেঁট করে।) আর্য!

সৌবালা।। (দুহাত প্রসারিত করে) এস, সুন্দরী এসো.... তোমার জলধি মেঘের মতো পূর্ণ যৌবনের, বারিধারা সিঞ্চনে, আমার কামতপ্ত দেহকে শীতল করো...এসো, কাছে এসো....

দাসী লজ্জানত, যৌবনদীপ্ত শরীরে হিল্লোল তুলে সৌবালার কাছে আসে।সৌবালা লালসা মাখা মুখে, সেবাদাসীকে বুকে টানতেই হঠাৎ আবহতে ভেসে আসে সুবলের কণ্ঠস্বর,"প্রতিশোধ, প্রতিশোধ।"এই কথায় , পুনরায় অস্থির সৌবালা, পাগলের মত সেবাদাসীর হাতটা পিছন দিকে মুচড়ে ধরে।

দাসী।।(যন্ত্রনায় কঁকিয়ে উঠে) আঃ!আর্য, আমার ভীষন কষ্ট হচ্ছে......

সৌবালা।।(হিংস্র, কঠিন কণ্ঠস্বরে।)চুপ, একদম চুপ।.... তোকে যুবরাজ দুর্যোধন আমার কাছে পাঠিয়েছে উৎকোচ হিসাবে ,লাবন্যে ভরা তোর এই কোমল শরীরটা যথেচ্ছ ভাবে ভোগ করার পূর্ণ অধিকার আমার আছে।

দাসী।।দয়া করে আমার হাতটা ছেড়ে দিন আর্য।আমার ভীষন কষ্ট হচ্ছে।

সৌবালা।।(নিজের হুঁশ ফিরে পেয়ে, দাসীর হাতটা ছেড়ে দিয়ে।)আমায় ক্ষমা কর সুন্দরী........ মুহূর্তের উত্তেজনায় নিজের বোধশক্তি আমি হারিয়ে ফেলেছিলাম।........ তাছাড়া আজ রাতে নিছক রতি লীলায় উন্মত্ত হয়ে আপন শক্তি অপচয়ের কোন কারন দেখছি না।.... তাই এসো সুন্দরী, আমার বরং দ্যুত ক্রীড়ায় মনোনিবেশ করি, দেখবে এই ক্রীড়ার আনন্দ রতিক্রিয়ার চাইতেও অনেক, অনেক বেশি.......এসো সুন্দরী....

দাসী।।(বিপন্ন কণ্ঠে)এ আপনি কি বলছেন আর্য! আমি একজন সামান্য সেবাদাসী,দ্যুতক্রীড়া সম্পর্কে সম্পূর্ণ অজ্ঞ।

সৌবালা।।তাতে কি শিখিয়ে নেবো।দ্যুতক্রীড়ার ঈশ্বর এই গান্ধাররাজ সৌবালা তোমায় অভয় দিচ্ছে,ভয় কি!... এসো সুন্দরী, এসো....

সেবাদাসীর হাত ধরে সৌবালা পাশার ছকের দিকে এগিয়ে যায়।

সৌবালা।। (মন্ত্র মুগ্ধ কণ্ঠে।) দেখ সুন্দরী, ভালো করে দেখ,এই যে, সাদা, কালো ছককাট বিশেষ আকৃতির কাপড়ের টুকরাটা দেখছো দ্যুতক্রীড়ায় এর নাম অধিবেদন, বা ইরিন। অধিবেদনের পাশে ঘুঁটি রাখার এই যে পাত্রটি এর নাম অক্ষাবাপন। ঘুঁটি বা দুরোদর নিয়ে জোড়, বিজোড় সংখ্যার ডাক দেওয়াকে বলে গ্লহ।আর আমার হাতে এই যে লম্বাটে চস্তুকোন বস্তুটি দেখছো এর নাম অক্ষ। এই অক্ষের চার পাশের গায়ে বিন্দু দিয়ে, এক, দুই, তিন, চার খোদাই করে লেখা। চার হচ্ছে সর্বোচ্চ সংখ্যা, এটা হলো কৃতদান। তিন হলো ত্রেতাদান। দুই হলো দ্বাপড় দান।আর নিকৃষ্টতম দান হলো এক বা কলিদান।তোমার জ্ঞাতার্থে জানাই সুন্দরী, আমার মহৎতম শত্রু মহামতি বিদূর আমার সম্মন্ধে বলেন,"কৃতহস্থো মতাক্ষঃ", অর্থাৎ আমি দান ফেললেই নাকি সর্বোচ্চ দান কৃতদান পড়ে। বিশ্বাস না হলে দেখো সুন্দরী আমি প্রতি দানে কেমন বলে,বলে কৃতদান ফেলতে সক্ষম। (অধিবেদনের উপর অক্ষ চালতে,চালতে হাস্য মুখে চীৎকার করে বলে)কৃত।

দাসী।। একি আর্য, আপনার যে নিকৃষ্টতম দান,এক অর্থাৎ কলি পড়েছে.....

সৌবালা, সেবাদাসীর কথায় কোন উত্তর না দিয়ে,অস্থির ভাবে অক্ষটা তুলে নিয়ে পুনরায় দান চালে।

দাসী।।(হেসে) আবারও আপনার কলি দান পড়েছে আর্য।

সৌবালা।। (পাগলের মতন চীৎকার করে।) আঃ!স্তব্ধ হও নারী।নিজ জীবনের মায়া থাকলে,এই মুহূর্তে এ কক্ষ পরিত্যাগ কর....যাও, চলে যাও...।

সৌবালার ভয়ঙ্কর রূপ দেখে, দাসী দ্রুত কক্ষ পরিত্যাগ করে। সৌবালা পুনরায়, অধিবেদনের উপর ঝুঁকে পড়ে, পাগলের মতন,অক্ষটা দু হাতে ঘষে দান চালে.....

সৌবালা।।(উদভ্রান্তের মত চীৎকার করে।)একি! আমার ইচ্ছা মতন কৃতদান পড়ছে না কেন?......সমগ্র বিশ্ব জানে গান্ধাররাজ আর্য সৌবালা,দ্যুতক্রীড়ায় তার ইচ্ছা মতন অক্ষ চালান করে অনায়াসে কৃতদান ফেলতে সক্ষম।আর এই বিশ্বাসের উপর ভর করে আমি যুবরাজ দুর্যোধনকে কথা দিয়েছি,পান্ডবদের সমর শক্তি এড়িয়ে, তাদের রাজ ঐশ্বর্য্য এনে দেবো তার পদতলে। অথচ আজ রাতে আমার হস্তে অক্ষ প্রান পাচ্ছে না কেন?......হাঃ! ঈশ্বর...

এই মুহূর্তে হঠাৎ Upper rostrum আলো পড়ে।দেখা যায় হাসি মুখে দাঁড়িয়ে বাসুদেব।

বাসুদেব।।(স্মিত হেসে)আর্য সৌবালা, আপনি কি কোন কারনে বিচলিত?

সৌবালা।।(সভয়ে)কে?....কে ডাকে আমায়?

বাসুদেব।। আমি গান্ধাররাজ।

সৌবালা।।(বিস্ময়ে) বাসুদেব! আপনি?

বাসুদেব।। হ্যাঁ গান্ধার নরেশ আমি। ক্ষনকাল পূর্বে, সুদূর দ্বারকা থেকে সম্রাট ধৃতরাষ্ট্রের আমন্ত্রণে , মহান ভরত বংশের পারিবারিক মিলন উৎসবে যোগ দিতে এই হস্তিনাপুরে এসে পৌঁছেছি।

সৌবালা।। কিন্তু আমার কাছে বিশ্বস্ত সূত্রে খবর আছে, হস্তিনাপুর সম্রাটের আমন্ত্রণ পত্র নিয়ে বার্তাবাহকের দল দ্বারকায় গেলেও , আপনার দেখা না পেয়ে তারা বিফল মনোরথে ফিরে আসতে বাধ্য হয়েছে।

বাসুদেব।।(তির্যক হেসে) তবে কি আপনার ধারণা আমি অনাহূতের মতন আমন্ত্রণ ছাড়াই এই মিলন উৎসবে যোগ দিতে হস্তিনাপুরে এসেছি?... নাকি, কালকের পারিবারিক মিলন উৎসবে আমার উপস্থিতিটা আপনারা কাছে অস্বস্তিকর গান্ধার নরেশ?

সৌবালা।।(চমকে) ছিঃ! আপনার সম্মন্ধে এ ভাবনা,ভাবাও পাপ বাসুদেব। তাছাড়া,এই বিশ্বের যে কোন স্থানে, আপনার

উপস্থিতিটাই যখন দেবতুল্য ,তখন এই সকল নিয়ম, রক্ষার সৌজন্যে কি এসে যায়?..... আসুন বাসুদেব, সূদূর দ্বারকা থেকে এই হস্তিনাপুরে আসতে পথ পরিশ্রমে ,আপনি নিশ্চয়ই ভীষণ ক্লান্ত, ক্ষনকাল এই অধমের কক্ষে বিশ্রাম গ্রহণ করে পথ পরিশ্রমের ভার লাঘব করুন।

বাসুদেব।। আপনার কথাই যথার্থ গান্ধার নরেশ,পথ পরিশ্রমে সত্যি আমি ভীষন ক্লান্ত, তাই আপনার রাজপ্রাসাদের পাশ দিয়ে যেতে গিয়ে, কক্ষের গবাক্ষ দিয়ে প্রজ্জলিত দীপশিখার আভাস পেয়ে, ক্ষনিক বিশ্রামের লোভ সংবরণ করতে না পেরে চলেএসেছি।তবে,এই অসময়ে কক্ষে প্রবেশ করে আপনার বিশ্রামের ব্যাঘাত ঘটাবার জন্য আমি আন্তরিক ভাবে অনুতপ্ত।

সৌবালা।। বাসুদেব,এ সব কথা বলে আমার কুণ্ঠা বাড়িয়ে তুলবেন না। আপনার চরম শত্রুও জানে আপনি সাক্ষ্যাৎ ভগবান, তার অষ্টাংশ, পূর্ণ পরমেশ্বর ।তাই হস্তিনাপুরে এসে আমার মতন এক সামান্য মানবকে আপনার সেবার সুযোগ করে দিয়ে আমাকে ধন্য করেছেন বাসুদেব।

বাসুদেব।।(ব্যাঙ্গের হাসি হেসে।) ভগবান! পরমেশ্বর!....সবার মতন আপনিও বিশ্বাস করেন গান্ধার নরেশ, আমি ঈশ্বরের অষ্টাংশ?

সৌবালা।। আমার বিশ্বাস, অবিশ্বাসে কি এসে যায় বাসুদেব?... আপনার কর্ম,কান্ডই তো তার প্রকৃষ্ট উদাহরণ। আপনি জ্ঞান,

শক্তি, প্রত্যুৎপন্নমতিত্ব দিয়ে আপনার উদ্দেশ্য অনায়াসে সফল করে তুলতে পারেন.....এর পরে কে বলবে আপনি ঈশ্বর নয়?

বাসুদেব।।(বিষন্ন কণ্ঠে) না, গান্ধার নরেশ আমি ঈশ্বর নই। ঈশ্বর সর্বত্র বিরাজমান....তাকে উপলব্ধি করতে হয়।যেজন সম্পূর্ণরূপে বিশ্বাস করে সেই উপলব্ধি,সে ততই আপন শক্তিকে পরিপূর্ণ ভাবে কাজে লাগাতে সক্ষম। ঈশ্বর হয়ে ওঠার ক্ষমতা আপনার মধ্যেও আছে গান্ধার নরেশ।

সৌবালা।।(হতাশ কণ্ঠে) না বাসুদেব আমার মধ্যে সে ক্ষমতা নেই, আমি অন্তর থেকে বিশ্বাস করে কিছু চাইলেও তাকে সফল করে তুলতে পারি না।(দীর্ঘশ্বাস ফেলে) আমার সেই উপলব্ধি নেই।

বাসুদেব।।তবে ধরে নিতে হবে আপনার বিশ্বাসেই কোথাও সামঞ্জস্যের অভাব আছে। আপনার মস্তিষ্ক যে কথা বিশ্বাস করছে, আপনার হৃদয় তা বিশ্বাস করছে না, নতুবা, আপনার হৃদয় যা বিশ্বাস করতে চাইছে, আপনার মস্তিষ্ক তাতে সায় দিচ্ছে না।

সৌবালা।।(চমকে) বাসুদেব!

বাসুদেব।। গান্ধার নরেশ, লক্ষ্য স্থির রেখে,আপন বিশ্বাস কে সঠিক পথে চালনা করতে পারাটাই মানব থেকে ঈশ্বর হয়ে ওঠার প্রধান শর্ত।ব্যাক্তি স্বার্থ পরিহার করে, সর্বজন হিতে

ঐশ্বর্যলোভী, ক্ষমতালোলুপ, পরশ্রীকাতর পাশব শক্তি কে ধ্বংস করতে পারলেই এই বিশ্বও হয়ে উঠতে পারে স্বর্গরাজ্য।

সৌবালা।।(একান্তে) আপনার কথাই সঠিক বাসুদেব।আমি এতদিন যা ভেবেছি,যা করেছি...সে পথ কি সঠিক?... আমি বুদ্ধি দিয়ে যে অধর্মের অচলায়তন তৈরি করেছি,তা আমার সামনেই একদিন বাঁধার প্রাচীর তুলে দাঁড়াবে না তো.....?

বাসুদেব।। গান্ধার নরেশ কি ভাবছেন?

সৌবালা।।(হুঁ ফিরে পেয়ে) না, তেমন কিছু নয়, আপনার কথায় একটু অন্যমনস্ক হয়ে পড়েছিলাম বাসুদেব।

বাসুদেব।। আমাকে মিত্র ভেবে একটা সত্যি কথা বলবেন গান্ধার নরেশ, আপনাকে আজ এত বিচলিত লাগছে কেন?... আপনার এমন অস্থির রুপ এর আগে তো কখনও দেখিনি।

সৌবালা।।(হেসে) বাসুদেব, আপনি অকারনেই আমার কথা ভেবে দুঃচিন্তা করছেন।আমি শারীরিক ও মানসিকভাবে সম্পূর্ণ সুস্থ আছি। আপনি মিথ্যা দুঃচিন্তা ছেড়ে একটু বিশ্রাম গ্রহণ করুন। আমি, আপনার আহারের ব্যবস্থা করি।

বাসুদেব।। তার কোন প্রয়োজন নেই গান্ধার নরেশ,অত্যাধিক পথপরিক্রমায় আমার আহারে রুচি নেই। তার চাইতে আসুন না আমরা কিঞ্চিত দ্যুতক্রীড়ায় মনোনিবেশ করে শারীরিক ও

মানসিক ক্লান্তির উপশম ঘটিয়ে ,স্বর্গীয় আনন্দ লাভের চেষ্টা করি......।

সৌবালা।।(অট্টহাসিতে ফেটে পড়ে।)

বাসুদেব।। আপনি হাসছেন গান্ধার নরেশ!

সৌবালা।।আমায় ক্ষমা করবেন বাসুদেব, আপনার নিশ্চয় এ কথা অজানা নয়, আপনি কাকে দ্যুতক্রীড়ায় আহ্বান জানিয়েছেন?

বাসুদেব।।(ঈষৎ হেসে) জানি।আমি এই ত্রিভূবনের শ্রেষ্ঠ অক্ষবিদ গান্ধার নরেশ আর্য সৌবালাকে দ্যুতক্রীড়ায় আহ্বান জানিয়েছি।

সৌবালা।।(অহংকারী কণ্ঠে)হ্যাঁ বাসুদেব, আপনি যত বড়ই জ্ঞানী, রথী, মহারথী হন না কেন, এই একটি বিষয়ে আমাকে পরাস্ত করার ক্ষমতা আপনার নেই।কারন,"তক্ষানাং হৃদয়ং মে জ্যাং রথাং বিদ্ধি সমাস্ফুরম।"অর্থাৎ আমি যে পন ডাকবো,সেটাই আমার ধনুক। আমি যে দুরোদর চালাবো, সেগুলোই আমার বান।এই ধনুকের ছিলা হলো আমার পাশার চাল।আর ঐ চাল যেখানে ফেলবো, সেটাই আমার রথ।

বাসুদেব।। গান্ধার নরেশ, একজন প্রকৃত ক্রীড়াবিদ কখনও মিথ্যা আত্ম-অহংকারে মত্ত হয়ে সময়ের অপচয় ঘটায় না। বরং

লক্ষ্য স্থির রেখে ক্রীড়াভূমিতে অবতীর্ণ হয়ে নিজ দক্ষতা প্রমানে সচেষ্ট হয়।

সৌবালা।। বেশ আপনার যখন এতই ইচ্ছা আমার সাথে দ্যুতক্রীড়ায় প্রতিদ্বন্দ্বিতা করার, আপনার ইচ্ছাকে সম্মান জানাতে, আসুন, আমরা সম্মুখ সমরে অবতীর্ণ হই।

বাসুদেব।।(হেসে) গান্ধার নরেশ, আপনার অত্যাধিক আত্মবিশ্বাসকে সম্মান জানিয়ে, একটা কথা না বলে পারছি না, ক্রীড়াভূমি কিংবা যুদ্ধক্ষেত্রে প্রতিদ্বন্দ্বীর শক্তিকে খাটো করে দেখাটা কোন প্রকৃত ক্রীড়াবিদ বা সৈনিকের কাজ নয়।

সৌবালা।।(কঠিন কণ্ঠে।) বাসুদেব এই আত্মবিশ্বাসকে সম্বল করেই একদিন প্রত্যন্ত পার্বত্যদেশ গান্ধার ছেড়ে এই বিশাল বৈভবে ভরপুর হস্তিনাপুরে এসেছিলাম।এত দিন হস্তিনাপুরের জ্ঞানী, বীর, মহৎ রথী, মহারথীরা যা পারেনি, আমি আমার এই আত্মবিশ্বাসে ভর করেই যুবরাজ দুর্যোধনকে কথা দিয়েছি, তার মনের কোণে লোকান গোপন বাসনাগুলো , বাস্তবের মাটিতে সাকার করে তুলবো।

বাসুদেব।।আমি জানি গান্ধার নরেশ, হস্তিনাপুরের এই নতুন সভাগৃহের উদ্বোধন উপলক্ষ্যে, কৌরব পান্ডবদের সৌজন্য মূলক দ্যুতক্রীড়ার আয়োজন আপনারই আত্মবিশ্বাসের ফসল।বিশ্বস্ত অনুচরের কাছ থেকে পাওয়া তথ্য থেকে, আমার এ কথাও অজানা নয়,কাল পান্ডবদের সাথে দ্যুতক্রীড়ায় আপনি

কৌরবপক্ষের হয়ে প্রতিনিধিত্ব করবেন। কারন আপনি ভালো করেই জানেন, ধর্মপুত্র যুধিষ্ঠির দ্যুতক্রীড়ায় আসক্তি থাকলেও, আপনার কাছে সে নেহাৎই শিশু....অতএব...........

সৌবালা।।(বিস্ময়ে) বাসুদেব! এই বিশ্বের কোন গোপন কথাও কি আপনার অজানা নয়?যে কথা যুবরাজ দুর্যোধন,দুঃশাসন,সুতপুত্র কর্ন আর আমি ব্যাতিত এই বিশ্বের মানব দূরের কথা,একটা কাক-পক্ষীর অজানা.... সেই কথা আপনি.....!.....এর পরেও আপনি বলবেন, বাসুদেব ঈশ্বর নয়?

বাসুদেব।। গান্ধার নরেশ এ সবই আমার উপলব্ধি। বর্তমানকে দেখে ভবিষ্যৎতে কি ঘটতে চলেছে তার আভাস বোঝার চেষ্টা মাত্র।আমি ঈশ্বর নই,যাদববংশে জন্ম নিয়ে শৈশব থেকে পাশবিক শক্তির সাথে লড়ে বেঁচে থাকার জন্য, আমাকে অর্জন করতে হয়েছে এই ক্ষমতা।

সৌবালা।। কিন্তু আপনাকে একটা কথা জিজ্ঞেস না করে পারছি না বাসুদেব, আপনি যখন সবই জানেন তখন পান্ডবদের সুহৃদ হয়েও, তাদের এই দ্যুতক্রীড়ায় যোগদান থেকে বিরত করলেন না কেন?

বাসুদেব।। বিরত করিনি কারন এর পিছনে অবশ্যই আমার একটা মহৎ উদ্দেশ্য আছে....

সৌবালা।। (চমকে)কি উদ্দেশ্যে বাসুদেব?

বাসুদেব।। গান্ধার নরেশ,কৌরব,পান্ডবদের মধ্যে এই দ্যূতক্রীড়া নিমিত্ত মাত্র।.....অবসম্ভাবী কিন্তু..

সৌবালা।। (বিস্ময়ে) কিন্তু!

বাসুদেব।। বর্তমানের এই অন্যায় দ্যূতক্রীড়াই লিখবে, ভবিষ্যতের এক ন্যায়ের ইতিহাস। গান্ধার নরেশ, অতীতের এমন ঘটনা তো বিরল নয়, বর্তমানের এক সামান্য পরাজয় থেকে জন্ম নিয়েছে ভবিষ্যতের এক মহৎ জয়।অতএব, আগামী প্রজন্মের কথা ভেবে আমাদের এই দুই পক্ষ থেকে যে কোন এক পক্ষকে বেছে নিতেই হবে.......

সৌবালা।। (মুগ্ধকণ্ঠে) বাসুদেব আপনার মতিগতি বোঝার মতন মেধা আমার নেই। শুধু একটা কথা না বলে পারছি না, আমরা বাঁচি বর্তমানকে নিয়ে আর আপনি দেখেন সুদূর ভবিষ্যতের ছবি।

বাসুদেব।। (স্মৃত হেসে।) আমার কথা থাক গান্ধার নরেশ, তার চাইতে আসুন, আমরা দ্যূতক্রীড়ায় মনোনিবেশ করি.... বলুন, প্রথমে পন কে ডাকবে?

সৌবালা।। আপনি যখন দ্যূতক্রীড়ায় আমাকে আহ্বান জানিয়েছেন, তখন আপনিই প্রথম পন ডাকুন বাসুদেব।

বাসুদেব।। (পাশার অক্ষটা হাতে তুলে নিয়ে,দু হাতে ঘষতে, ঘষতে।) বেশ তাই হোক.....কৃত। (অধিবেদনে পড়া অক্ষের কৃতদান দেখে,হাসি মুখে।) এবার আপনার পন ডাকার পালা গান্ধার নরেশ, নিন অক্ষ ধরুন।(সৌবালার দিকে অক্ষটা বাড়িয়ে ধরে।)নিন ধরুন....

সৌবালা ভয়ে,কাঁপা, কাঁপা হাতে অক্ষটা নিয়ে,স্থির দৃষ্টিতে, বাসুদেবের দিকে চায়।

বাসুদেব।। একি গান্ধার নরেশ,অক্ষ ধরা আপনার দু হাত এমন কাঁপছে কেন!.... কোথায় গেল আপনার সেই প্রবল আত্মবিশ্বাস ....যোগ্য প্রতিদ্বন্দ্বীর সামনে আপনি কি অসহায় গান্ধার নরেশ?... নাকি, হস্তিনাপুরের যুবরাজ দুর্যোধনের প্রবল প্রত্যাশার চাপে আপনি লক্ষ্য ভ্রষ্ট গান্ধার নরেশ?....... ভবিষ্যতের কথা চিন্তা করে জীবন যুদ্ধে স্থির হন আর্য। আপনার লক্ষ্য ঠিক করুন। রনভূমিতে দাঁড়িয়ে যে কোন এক পক্ষকে আপনাকে বেছে নিতেই হবে....হয় কৌরব নয় পান্ডব। আপনি কোন পক্ষ নেবেন স্থির করুন গান্ধার নরেশ।... আপনি লক্ষ্য ঠিক করুন....এই তো সময়... জীবন যুদ্ধে স্থির হন গান্ধার নরেশ...

সংলাপ বলতে, বলতে বাসুদেব,অন্ধকারে মিলিয়ে যায়। আলোর বৃত্তে একা সৌবালা। অসহায়, কি করবে বুঝে উঠতে

পারছে না।হঠাৎ,অক্ষ ধরা হাতটা অধিবেদনের উপর চেপে ধরে, চীৎকার করে ওঠে।

সৌবালা।। বাসুদেব!(তারপর, পাশে চেয়ে দেখে বাসুদেব নেই। দ্রুত উঠে দাঁড়িয়ে, কক্ষের চারপাশ দেখে, বাসুদেব কে খুঁজে না পেয়ে, সৌবালা চীৎকার করে প্রহরী কে ডাক দেয়।) অঙ্গদ...... অঙ্গদ.....

সৌবালার ডাকে দ্রুত কক্ষে প্রবেশ করে অঙ্গদ।

অঙ্গদ।। আমাকে স্মরণ করেছেন আর্য?

সৌবালা।।(অস্থির কণ্ঠে) হ্যাঁ অঙ্গদ, এই মাত্র বাসুদেব আমার কক্ষ থেকে বেরিয়ে গেলেন,যাও তাকে সসম্মানে ডেকে নিয়ে এসো।বলো,তাকে আমার ভীষন প্রয়োজন........

অঙ্গদ।।(বিস্ময়ে) বাসুদেব!

সৌবালা।।আঃ! পাথরের মূর্তির মতন দাঁড়িয়ে না থেকে,যাও ডেকে আন....

অঙ্গদ।। কিন্তু আর্য, আমি তো রাতের প্রথম প্রহর থেকে, আমার পঞ্চ ইন্দ্রিয় সজাগ রেখে আপনার দ্বার আগলে বসে আছি। আমার চক্ষু এড়িয়ে বাসুদেব দূরের কথা, একটা কীটও আপনার কক্ষে প্রবেশ করেনি......এ বিষয়ে আমি সম্পূর্ণ নিশ্চিত।

সৌবালা।।(চীৎকার করে)স্তব্ধ হও মূর্খ! তোমার কি ধারনা, আমি তোমার সাথে হেঁয়ালি করছি?কিছুক্ষণ পূর্বে বাসুদেব

সশরীরে আমার কক্ষে এসেছিলেন, আর শুধু আসেননি, আমার সাথে দ্যুতক্রীড়ায় অংশগ্রহণ করেছিলেন......

অঙ্গদ।। আর্য,দয়া করে আপনি একটু শান্ত হন। আপনার নিশ্চয় এই কথা অজানা নয় , মহান ভরত বংশের পারিবারিক মিলন উৎসবর, সম্রাট প্রদত্ত আমন্ত্রণ পত্র নিয়ে বার্তাবাহকের দল দ্বারকায় গেলেও,যদুকূল চূড়ামনির দেখা না পেয়ে বিফল মনোরথে ফিরে আসতে বাধ্য হয়েছে......কারন ঐ সময়,তিনি কোন এক অঞ্জাত স্থানে রাজা শাল্বর সাথে যুদ্ধে রত ছিলেন।

সৌবালা।।(হতাশ কণ্ঠে)হ্যাঁ , এবার আমি সব ঘটনা স্মরন করতে পারছি।.... তাহলে কিছুক্ষণ পূর্বে আমি যা দেখেছি,সব আমার মনের অলীক কল্পনা?

অঙ্গদ।। আর্য, আমার ধারণা বিশ্রাম হীন অধিক রাত্রি জাগরণের ফলে, আপনার দৃষ্টি ভ্রম ঘটেছে।

সৌবালা।।(একান্তে) হয়তো তোমার কথাই সঠিক অঙ্গদ। কিন্তু আমার মন বৈকল্যে সারা বিশ্ব জুড়ে এত রথী, মহারথীরা থাকতে আমি পান্ডব সখা বাসুদেবকেই দেখলাম কেন? তবে কি আমি সত্যি চাইনি হস্তিনাপুরের পারিবারিক মিলন উৎসবে বাসুদেবের উপস্থিতি?..... নাকি বাসুদেব কে দেখার পিছনে নিগূঢ় কোন অর্থ আছে?..... আমি কি সত্যিই লক্ষ্যভ্রষ্ট?

অঙ্গদ।। (সবিনয়) আর্য, রাতের চতুর্থ প্রহর শেষ হতে আর বেশি দেরি নেই, এবার প্রকৃতই আপনার ক্ষনিক বিশ্রামের প্রয়োজন। আপনি যান আর্য... আমি দ্বারের সামনে পাহারায় আছি।

সৌবালা।।(সভয়ে) না, অঙ্গদ এ কক্ষে আমাকে একলা ফেলে চলে যেও না। স্বচক্ষেই তো দেখতে পাচ্ছ, কি ভয়ঙ্কর এই রাত, একটার পর একটা দুঃস্বপ্ন এসে চারপাশ থেকে আমায় ঘিরে ধরছে........ বাইরে পেঁচক, শিয়ালের ডাক রাতের বীভৎসতাকে আরও দ্বিগুন বাড়িয়ে তুলেছে।......তার চাইতে এসো, মিত্র, আমরা বাকি রাতটুকু একান্ত ব্যাক্তিগত আলাপচারিতায় কাটিয়ে দি.....।

অঙ্গদ।।(চমকে উঠে) আর্য,এ আপনি কি বলছেন!.... আপনি হলেন হস্তিনাপুরের সম্রাট ধৃতরাষ্ট্রের শ্যালক,আর আমি সামান্য এক দেহরক্ষী।......... আমার এত স্পর্ধা কোথায় আপনার সাথে, একান্ত ব্যাক্তিগত কথা আলোচনা করার.....

সৌবালা।।(বিষন্ন কণ্ঠে) হস্তিনাপুরের সম্রাটের শ্যালক!.... না,মিত্র না, হস্তিনাপুরের সম্রাট কিংবা তার আত্মীয় পরিজনেরা এই সম্মান আমাকে কখনোই দেইনি,বরং গান্ধার ছেড়ে পাকাপাকি ভাবে এই হস্তিনাপুরে আশ্রয় নেওয়াতে,তারা আমাকে চিরকাল পরজীবী বলে তাচ্ছিল্য করেছেন। আমার

ধারণা, এই হস্তিনাপুরে আমার চাইতে তোমার সম্মান, অনেক, অনেক বেশি মিত্র।

অঙ্গদ।। (ব্যাথিত কণ্ঠে)আর্য!

সৌবালা।। (দু পাত্র সুরা এনে,একটা অঙ্গদের দিকে বাড়িয়ে ধরে।) এসো মিত্র, আমরা এই রাজকীয় সুরা পান করে, আমাদের বন্ধুত্বের দীর্ঘজীবন কামনা করি।নাও...ধর...

অঙ্গদ।। (ভর্য়াত কণ্ঠে)আমায় ক্ষমা করুন আর্য।.... আপনার দেওয়া পানপাত্র নিয়ে, আপনাকে অপমান করার স্পর্ধা আমার নেই। আপনি আমার প্রভু।..... আপনি বিনা কারনে আমাকে মারুন,কাটুন যা খুশি তাই করুন, কিন্তু আমাকে ঐ সুরা পান করতে বলবেন না....

সৌবালা।।(কঠিন কণ্ঠে) তুমি আমাকে সত্যি প্রভু হিসাবে মানতো, অঙ্গদ?

অঙ্গদ।।এ আপনি কি বলছেন আর্য, আপনার যদি আমার প্রভু ভক্তিতে বিন্দুমাত্র সন্দেহ থাকে তবে আপনি, আমার পরীক্ষা নিন। আপনি যদি আদেশ করেন তো এই খঞ্জরের আঘাতে নিজের প্রানটুকু পর্যন্ত আমি আপনার পায়ে সমর্পন করতে পারি।

সৌবালা।। বেশ দাও তবে তোমার প্রভু ভক্তির পরীক্ষা.......

অঙ্গদ।।আদেশ করুন আর্য, আমায় কি করতে হবে?

সৌবালা।। তুমি সত্যি যদি আমায় প্রভু হিসাবে মান, তবে আমি আদেশ করছি,এই সুরা পান করে তুমি তোমার প্রভু ভক্তির পরীক্ষা দাও..নাও ধর এই পান পাত্র...পান কর এই সুরা।

অঙ্গদ।।(বিপন্ন ভাবে, পান পাত্রটা হাতে নিয়ে।) আমায় ক্ষমা করবেন আর্য,আমি আপনার আদেশ পালন করছি মাত্র (এক নিঃশ্বাসে পান পাত্র খালি করে, খানিকটা টাল খায়।)

সৌবালা।।(হেসে) বল মিত্র, এই রাজকীয় সুরা পান করে তোমার কেমন অনুভব হচ্ছে?

অঙ্গদ।।(ঈষৎ নেশা জড়ানো কণ্ঠে।) সত্যি বলছি এমন সুরা, আমি এর আগে কখনও পান করিনি......এ যেন স্বর্গিয় সোমরস।....এক পাত্র পেটে গেলে নিজের অস্তিত্বটুকু ভুলিয়ে দেয়।

সৌবালা।। এখন নিশ্চয় আমার মিত্র হতে, তোমার আর কোন আপত্তি নেই?

অঙ্গদ।। বিন্দুমাত্র নেই। সত্যি মিত্র তোমার কত দুঃখ, সম্রাটের শ্যালক হয়েও এই হস্তিনাপুরে তোমার কোন সম্মান নেই....কিন্তু আমার আছে।(হঠাৎ উত্তেজিত হয়ে, চীৎকার করে।) বল, মিত্র বল,কে তোমাকে পরজীবী বলে তাচ্ছিল্য করে?.... তুমি শুধু তার নামটা বলো,আমি এই ভল্লের আঘাতে তার মুন্ডুটা ধড় থেকে আলাদা করে দেবো....

সৌবালা।।(উদাস কণ্ঠে) একজন তো নয়, তুমি ভল্লের আঘাতে কতজনের মুন্ডু ধড় থেকে আলাদা করবে?

অঙ্গদ।।(হঠাৎ কেঁদে ওঠে।) মিত্র...

সৌবালা।।একি মিত্র! তুমি কাঁদছো কেন?

অঙ্গদ।। মিত্র, তোমার দুঃখের কথা ভেবে আমার অশ্রু বাঁধ মানছে না।...জান মিত্র, তোমার সম্মন্ধে আমিও তো কত আকথা, কুকথা শুনেছি......

সৌবালা।।(সন্দিহান কণ্ঠে) কি শুনেছো, মিত্র?

অঙ্গদ।। শুনেছি, তুমি নাকি এই হস্তিনাপুরের কুগ্রহ.... যুবরাজ দুর্যোধনকে ভুল পথে চালনা করাই, তোমার জীবনের লক্ষ্য। তুমি নাকি পরম আত্মীযর ছদ্মবেশে সাক্ষ্যাৎ শয়তান......

সৌবালা।। সবার মতন তুমিও নিশ্চয়, এই সব কথা বিশ্বাস কর মিত্র?

অঙ্গদ।।(তোতলায়) না...মানে...আমি.......

সৌবালা।।(বিষন্ন কণ্ঠে।) মানে বিশ্বাস কর। কিন্তু আজ রাতে আমার সম্মন্ধে কোনটা সত্যি, কোনটা মিথ্যা তোমার জানতে ইচ্ছে করছে না?

অঙ্গদ।। করছে, ভীষণ ইচ্ছে করছে।এত দিন ধরে তোমাকে আমি অন্যের চোখ দিয়ে দেখে এসেছি, কিন্তু কেন জানি না

আজ মনে হচ্ছে, তুমি, তোমার মনের গভীরে লুকিয়ে রেখেছো অনেক গোপন ক্ষত।বল মিত্র, আসলে তুমি কে?

সৌবালা।।(আন্তরিক কণ্ঠে।)বলবো মিত্র,আজ রাতে তোমার কাছে আমি কোন কথা গোপন করবো না, সব সত্যি বলবো কারন আজ তো সেই রাত, আমাকে নির্ধারণ করতে হবে আমি কার?..... আমি কোন পক্ষের?.....কৌরবের নাকি পান্ডবের....?

অঙ্গদ।। বল মিত্র, নিজের মনের গোপন কথাগুলো প্রকাশ্যে এনে, মনটা একটু হাল্কা কর।

সৌবালা।। আমার একান্ত গোপন কথাগুলো বলার পূর্বে, আমার একটা ছোট্ট প্রশ্নের উত্তর দেবে মিত্র?

অঙ্গদ।। বলো, তুমি কি জানতে চাও?

সৌবালা।। আচ্ছা মিত্র, তোমার পরিবারে কে, কে আছেন?

অঙ্গদ।।(হাসিমুখে) আমার পরিবারে, আমার পিতা আছেন, মাতা আছেন, আমি তাদের বড় ছেলে। আমার পড়ে রয়েছে আরও পাঁচ ভাই, দুই বোন ও আমার স্ত্রী।

সৌবালা।। তোমার পরিবারের প্রত্যেক সদস্য নিশ্চয়, তোমার খুব প্রিয়?

অঙ্গদ।।এ কথা বলার অপেক্ষা রাখে না মিত্র, আমার পরিবারের জন্যই তো আমার বেঁচে থাকা। আমি বাড়ির বড় ছেলে, আমার

কাছে তাদের অনেক প্রত্যাশা,আর তাদের ঐ প্রত্যাশা পূরন করা আমার দায়।

সৌবালা।।(কঠিন কণ্ঠে)ধর মিত্র, তোমার ঐ প্রানপ্রিয় পরিবারের প্রত্যেক সদস্য কে, যদি কোন দুর্বৃত্ত অকারনে হত্যা করে, তুমি কি করবে?

অঙ্গদ।।(রাগান্বিত কণ্ঠে।) আমি তাকে ফেড়ে ফেলবো।ঐ দুর্বৃত্তকে হত্যা করার জন্য কোন অস্ত্রের দরকার পড়বে না। আমার এই হাত দিয়েই তার শরীর থেকে একটা, একটা করে অঙ্গ,প্রতঙ্গ ছিঁড়ে নেবে......

সৌবালা।।শান্ত হও মিত্র,শান্ত হও।...এ একটা অলীক কল্পনা মাত্র।

অঙ্গদ।।(সন্দিহান কণ্ঠে) কিন্তু মিত্র হঠাৎ এইরকম একটা অলীক চিন্তার কারন?..... তোমাকে যতদূর চিনেছি, তুমি তো কারন ছাড়া কোন কথা বলার মানুষ নও?

সৌবালা।। তুমি ঠিকই অনুমান করেছো মিত্র, তোমাকে এ প্রশ্ন করার পিছনে অবশ্যই একটা কারন আছে.....

অঙ্গদ।।কি সেই কারন মিত্র?

সৌবালা।। কারন এক মহান শক্তিধর দুর্বৃত্ত, অকারনেই আমার পিতা সহ,শত ভ্রাতাকে হত্যা করে, এই বিরাট বিশ্বে আমাকে সম্পূর্ণ একা করে দিয়েছে মিত্র....(কান্নায় ভেঙ্গে পড়ে।)

অঙ্গদ।। কে সেই দুর্বৃত্ত? সে তোমার পিতা, শত ভ্রাতাকে হত্যা করলো কেন?

সৌবালা।। এ কথা জানার আগে আমাকে স্মরণ করতে হবে অতীতের এক ঘটনাকে, আমার ভগিনী গান্ধারী তখন সদ্য কৈশরে পা দিয়েছে, সে সময় এক জ্যোতিষী তার হস্তরেখা বিচার করে বলেন, গান্ধারীর বৈধব্য যোগ আছে। অবশ্য ঐ বৈধব্য যোগ কাটাতে তাকে যদি কোন ভেড়ার সাথে বিয়ে দিয়ে,সেই ভেড়াটিকে বলি দেওয়া হয় তবে গান্ধারীর জীবনে দ্বিতীয় বার আর এই বিপদের সম্ভাবনা নেই। আমার পিতা গান্ধাররাজ সুবল ,জ্যোতিষীর কথা মতন শুধু নিয়ম রক্ষার্থে গান্ধারীর বিবাহ এক ভেড়ার সাথে দিয়ে তাকে ভগবানের সামনে বলি চড়ায়....

অঙ্গদ।। তারপর কি হল মিত্র?

সৌবালা।। সময়ের সাথে, সাথে এই সামান্য ঘটনার কথা আমরা ভুলে যাই। তারপর, একদিন বিধির বিধান মেনে, হস্তিনাপুর সম্রাট ধৃতরাষ্ট্রের সাথে ভগিনী গান্ধারীর বিবাহ সম্পন্ন হয়।তারও বহুকাল বাদে আমার এক আত্মীয়ের সাথে কথা প্রসঙ্গে,এই ঘটনার কথা জানতে পেরে সম্রাট ধৃতরাষ্ট্র , ক্রোধে উন্মত্ত হয়ে, অতীত লোকানোর অপরাধে আমার পিতা সহ, আমাদের গান্ধার থেকে হস্তিনাপুরে এনে কারাগারে নিক্ষেপ করে। হস্তিনাপুর কারাগারে আমাদের আহারের ব্যবস্থা হল,এক

একজনের জন্য,একটি পারাবত যেটুকু ধান আর জল খেয়ে বেঁচে থাকতে পারে, সেটুকুই.......

অঙ্গদ।।(নেশা প্রায় কেটে গেছে।) কিন্তু একটা পারাবত যেটুকু ধান আর জল খেয়ে বেঁচে থাকতে পারে, সেই পরিমাণ আহার করে কি কোন মানুষ বেঁচে থাকতে পারে?

সৌবালা।।। সম্রাট ধৃতরাষ্ট্রের ইচ্ছা ছিল আমাদের হত্যা করার। কিন্তু আমার পিতা গান্ধাররাজ সুবল, ধৃতরাষ্ট্রের মনোবাসনার কথা বুঝতে পেরে গ্রহণ করলেন এক কঠিন সিদ্ধান্ত......

সৌবালার জোনের আলো নেভে।মঞ্চের অন্যকোন অংশে আলো জ্বললে দেখা যায়,যেন কারাগারে বন্দী সুবল, তার শত পুত্রের উদ্দেশ্যে কিছু বলছেন.....

সুবল।।। হে আমার হতভাগ্য শতপুত্র, আমার কথা মনোযোগ দিয়ে শ্রবন করো।বৎসগন, আমাদের আহারের জন্য সম্রাট ধৃতরাষ্ট্র,যে পারাবত পরিমাণ ধান আর জলের ব্যবস্থা করেছেন, সেই পরিমাণ আহার গ্রহণ করলে আমরা সকলেই একদিন মৃত্যু মুখে পতিত হব। কিন্তু ধৃতরাষ্ট্র সহ, সমগ্র কৌরব বংশের করা এই অন্যায়ের সমুচিত জবাব দিতে আমাদের মধ্যে থেকে যে কোন একজন কে বাঁচিয়ে রাখতেই হবে,যে সবার হয়ে প্রতিহিংসাবৃত্তি চরিতার্থ করবে। তাই আমি অনেক ভেবে চিন্তে এই সিদ্ধান্তে উপনীত হয়েছি, আমাদের মধ্যে যার বুদ্ধি জটিল, যে লক্ষ্যে স্থির, তাকেই আমরা আমাদের সকলের ভাগের ধান

আর জল খাইয়ে বাঁচিয়ে রাখবো। আর আমাদের মধ্যে সেই যোগ্য ব্যক্তি হল আমাদের সকলের চোখের মনি, গান্ধারের সম্পদ সৌবালা। (কোরাসে, 'সাধু, সাধু" ধ্বনি ওঠে।)

সুবলের জোনের আলো নেভে, সৌবালার জোনে পুনরায় আলো জ্বললে দেখা যায়, সৌবালা, চোখে জল নিয়ে স্থির হয়ে বসে। অঙ্গদের চোখেও জল। আবহতে ভোরের পাখির কলতান। নিঃস্তব্ধতা কাটিয়ে অঙ্গদ সংলাপ শুরু করে........

অঙ্গদ।। আর্য, রাত কেটে গেছে, পাখির কলতানে ভোর আসন্ন, এবার আমাকে এই কক্ষ পরিত্যাগ করার অনুমতি দিন......

সৌবালা।। যাবে অঙ্গদ?....যাও....।

অঙ্গদ কক্ষের দ্বারের দিকে এগিয়ে যেতে গিয়েও, মাঝপথে দাঁড়িয়ে.....

অঙ্গদ।।একটা কথা বলার আছে আর্য, এতক্ষন ধরে আপনি, আপনার জীবনের গোপন যে দুঃখের কাহিনী আমাকে শোনালেন, তা দয়া করে কোন দুর্বল মুহূর্তেও আর অন্য কারোর কাছে প্রকাশ করবেন না। এতে আপনার প্রান সংশয় ঘটতে পারে। তাছাড়া গোপন প্রতিজ্ঞার কথা অন্য কাউকে বলতে নেই......

সৌবালা।।(চমকে)দাঁড়াও অঙ্গদ,দাঁড়াও...

অঙ্গদ।। বলুন আর্য?

সৌবালা।। দেখ রাতের অন্ধকার কেটে ভোরের আলো ফুটতে এখনও কিছুটা সময় বাকি। যদিও জানি আমার দ্বারে পাহারায় রত তোমাকে এড়িয়ে কোন দুর্বৃত্তের এই কক্ষে প্রবেশ করাটা অসম্ভব। তথাপি তোমার অসর্তকতার সুযোগ নিয়ে ,যদি কোন দুর্বৃত্ত এই কক্ষে প্রবেশ করে তখন কি করবো আমি?... আমার কাছে তো কোন অস্ত্র নেই। আমার হাতে আছে শুধু এই দ্যুতক্রীড়ার অক্ষ,.....এ অক্ষ দিয়ে আমি হয়তো ধর্মপুত্র যুধিষ্ঠিরকে দ্যুতক্রীড়ায় হারিয়ে, যুবরাজ দুর্যোধনের মনোবাসনা পূর্ণ করতে পারি। কিন্তু এই অক্ষ ছুঁড়ে কোন দুর্বৃত্তকে আক্রমন করাটা হাস্যকর। তাই তুমি যদি আমার নিরাপত্তার স্বার্থে, তোমার ঐ খঞ্জরটা আমাকে কিছুক্ষনের জন্য ঋণ হিসাবে দাও...

অঙ্গদ।। এ আপনি কি বলছেন আর্য, এতো আমার কর্তব্য।(নতজানু হয়ে বসে খঞ্জরটা দুহাতে ধরে, সৌবালার দিকে বাড়িয়ে ধরে।)

সৌবালা।।(খঞ্জরটা নিয়ে,দু হাত দিয়ে অঙ্গদকে দাঁড় করিয়ে।) এসো মিত্র, আমাদের বন্ধুত্বের স্বীকৃতি হিসাবে আমার শেষবারের মতন আলিঙ্গনে বাঁধা পড়ি....এসো..... তুমিই আমার প্রকৃত বন্ধু অঙ্গদ (সৌবালা, অঙ্গদের সাথে আলিঙ্গনবদ্ধ অবস্থায়, হাতে ধরা খঞ্জরটা, অঙ্গদের পেটে আমূল বিদ্ধ করে দেয়।) তোমার কথাই সত্যি মিত্র, প্রতিজ্ঞার কথা অন্য কে বলতে নেই....তাতে প্রতিজ্ঞার মর্যাদা ক্ষুণ্ন হয়....

সৌবালা, অঙ্গদের নিথর শরীরটা আপার রষ্ট্রামে শুইয়ে, তার ক্ষত স্থান থেকে খানিকটা রক্ত হাতে নিয়ে মাখতে, মাখতে, দ্যুতক্রীড়ায় অধিবেদনের দিকে এগিয়ে যায়।

সৌবালা।।(রক্ত মাখা হাত তুলে ধরে, চীৎকার করে।) এবার, আমার আর লক্ষ্য ভ্রষ্ট হবে না বাসুদেব। আমি আমার লক্ষ্য ফিরে পেয়েছি..... দেখুন, বাসুদেব এবার গান্ধার নরেশের অক্ষ কেমন ছিলা ছেঁড়া বাণের মতন তার লক্ষ্য ভেদ করে..... দেখুন, বাসুদেব দেখুন.......

সৌবালা, পাগলের মতন হাসতে, হাসতে দ্যুতক্রীড়ার অনুশীলন চালাতে থাকে। আলোর বৃত্তে একা সৌবালা।

হঠাৎ, আপার রষ্ট্রামে আলো জোড়াল হলে,দেখা যায়, অঙ্গদের প্রানহীন শরীরের সামনে দাঁড়িয়ে বাসুদেব। বাসুদেব নতজানু হয়ে বসে,অঙ্গদের খোলা চোখ দুটো হাত বুলিয়ে বন্ধ করে উঠে দাঁড়ায়। তারপর ডান হাতটা চিরাচরিত ভঙ্গিতে তুলে ধরে.....

বাসুদেব।।(স্মৃত হেসে।)অথঃ যুদ্ধং অবসম্ভাবী।

আবহতে পাঞ্চজন্য বেজে ওঠে।সৌবালা পাগলের মতন হাসতে, হাসতে দ্যুতক্রীড়ার অনুশীলনে ব্যস্ত। অঙ্গদের নিথর শরীরের সামনে বাসুদেব মুখে হাসি নিয়ে স্থির। আস্তে, আস্তে পর্দা নাবে।

~ সমাপ্ত ~

লেখক পরিচিতি

সোমনাথ খাঁ

সোমনাথ খাঁ মূলত একজন গল্পকার ও নাট্যকার। তিনি বেশ কিছু চলচ্চিত্রে চিত্রনাট্য ও টেলিভিশনের জনপ্রিয় মহা ধারাবাহিক লিখেছেন। সোমনাথ বিগত ২৫ বছর ধরে আন্তরিক ভাবে বাংলা নাট্যমঞ্চের সাথে যুক্ত। তার নির্দেশনায় ও মঞ্চভাবনায় অনেক নাট্যদল সুনামের সঙ্গে কাজ করে চলেছে। সোমনাথের লেখা নাটক কলকাতা তথা ভারতের বিভিন্ন বহুভাষা ভিত্তিক নাট্যমেলায় সফলতার সাথে মঞ্চায়ন ও বহু প্রশংসা, পুরস্কারে সম্মানিত হয়েছে।

www.ingramcontent.com/pod-product-compliance
Lightning Source LLC
LaVergne TN
LVHW041225080526
838199LV00083B/3367
* 9 7 8 9 3 5 9 2 0 8 8 8 6 *